ESPERANDO POR DOGGO

MARK B. MILLS

Tradução:
Ana Paula Corradini

Novo Conceito

Título original: *Waiting for Doggo*

1ª Impressão — 2015
Impressão e Acabamento Intergraf 230915

Produção editorial:
Equipe Novo Conceito

Dados Internacionais de Catalogação na Publicação (CIP)
(Câmara Brasileira do Livro, SP, Brasil)

Mills, Mark
Esperando por Doggo / Mark Mills ; tradução Ana Paula Corradini. -- Ribeirão Preto, SP : Novo Conceito Editora, 2015.

Título original: Waiting for Doggo.
ISBN 978-85-8163-809-6

1. Ficção inglesa I. Título.

15-07253 CDD-823

Índices para catálogo sistemático:
1. Ficção : Literatura inglesa 823

Novo Conceito
Rua Dr. Hugo Fortes, 1885
Parque Industrial Lagoinha
14095-260 – Ribeirão Preto – SP
www.grupoeditorialnovoconceito.com.br

FUNDAÇÃO ABRINQ

Parte da renda deste livro será doada para a **Fundação Abrinq**, que promove a defesa dos direitos e o exercício da cidadania de crianças e adolescentes.
Saiba mais: **www.fundabrinq.org.br**

Para Benny

Cante como se ninguém estivesse ouvindo, ame como se nunca tivesse sido magoado, dance como se ninguém estivesse olhando, e viva como se o céu fosse na terra.

Mark Twain (1875)

CAPÍTULO UM

Caro Daniel

Meu Deus, isso soa tão formal. Não é a minha intenção, ou talvez seja. Como está acontecendo com um monte de coisas, não tenho mais certeza ou tenho mais certeza (qual dos dois, hein? Tenho certeza de que você saberia). Que merda! Eu bem que deveria começar esta carta de novo, mas já tentei três vezes e estou atrasada para o meu voo.

Eu estou indo embora, indo embora para bem longe. Não posso contar para onde. Parte de mim quer contar, mas não faria nenhum sentido porque não sei quanto tempo vou ficar por lá. De qualquer forma, é melhor assim. É um saco, é claro. O que quero dizer é que é melhor assim para mim, não para você, apesar de eu saber que você vai conseguir lidar com isso porque é forte e sensível e dono de um coração levemente gelado.

Vamos conversar direito logo, quando eu estiver em condições, e agora eu não estou, obviamente, ou não estaria fugindo para a Austrá... Ops! (Brincadeira. Está vendo? Eu não perdi meu senso de humor como você disse na outra noite). Certo, não é engraçado nessas circunstâncias. Posso ver você de pé ao lado da mesa lendo isso. Desculpe-me, meu querido

Daniel. Eu sou uma covarde. Pelo menos isso eu aprendi sobre mim. E eu sinto muito pelo Doggo. É tudo culpa minha. Só Deus sabe o que é que eu estava pensando. O que eu estava pensando? Que ele faria a diferença, ou até mesmo que curaria a gente. Você vai odiar essa palavra, assim como você odeia quando eu falo de jornadas e de energias e, sim, de anjos.

O negócio é que eu acredito MESMO nessas coisas. E você, não. Será que essa é a razão para tudo isso? Talvez. Antes eu adorava a sua tolerância educada, o sorriso cético nos seus olhos, mas agora isso me irrita. Agora isso me parece cínico e superior, como se você achasse que tem todas as respostas. Mas quer saber? Você não tem. E quem tem? Talvez você tenha de aprender isso sobre você mesmo, como eu aprendi que sou uma covarde. Talvez eu só consiga ficar com um cara que acredite em anjos. Não se preocupe, isso não quer dizer que fugi com o Brendon. O Brendon é um idiota. Entre vocês dois, eu escolheria você sem pensar (e se isso não for um elogio, então o que é?). Não, estou sozinha, viajando com pouca bagagem, seguindo o meu próprio nariz. Não tem mais ninguém, só eu e Você-Sabe-Quem — "aquele que não deve ser nomeado", como o chamo de brincadeira. Eu sei que você acha que ele é fruto da minha imaginação pervertida, mas acredito que ele esteja comigo agora mesmo, velando por mim, e você não pode negar que essa sensação é real (mesmo que você tivesse razão sobre anjos, mas não tem!).

Leve o Doggo de volta para o abrigo. Algo me diz que você vai conseguir esse emprego e você não pode deixá-lo trancado no apartamento o dia todo. Não seria justo com ele, e vocês também não se dão muito bem. Ele está aí agora, observando você com aqueles olhos esquisitos? Eu juro que ele olhou para mim com um tipo de desprezo quando eu fazia a mala, como se soubesse o que eu estava fazendo. É claro que ele não sabia, ele é apenas um cachorro, um cachorro pequenininho e feio. Bom, não exatamente feio, mas você sabe do que estou falando — ele também não foi abençoado com uma grande dose de beleza, coitadinho. Acho que fiquei com dó na primeira vez que o vi. Eu me sinto mal por ter atrapalhado a vida dele, mas pelo menos ele mudou um pouco de ares, como se tivesse saído para umas pequenas férias. Eu mesma o teria levado de volta, mas não deu tempo. Sabe, eu não planejei nada disso, tudo aconteceu de repente. Eu me dei conta do que precisava fazer e agora estou fazendo.

Será que estou cometendo o maior erro da minha vida? Acho que não. Acho que chegamos a um ponto em que estávamos prestes a tomar uma decisão que teria sido errada para nós; definitivamente errada para mim, mas provavelmente para você também. Não me odeie, Daniel. É claro que você vai se sentir humilhado, mas poderia ser pior. Não é como se eu o tivesse largado esperando no altar. Além disso, todo mundo vai me achar uma puta, o que vai tornar as coisas mais fáceis para você. Por favor, não tente me encontrar, e agora não adianta nada me ligar porque, quando você ler esta carta, eu já vou estar no ar.

Amor e luz,

Clara.

bjos bjos bjos

P.S.: Eu acabei de reler a carta e percebi que não deixei isso muito claro. Está tudo acabado entre nós, pelo menos por agora, o que eu suspeito que signifique para sempre, mas quem sabe? Nunca diga "nunca", certo? Preciso me sentir aberta para outras oportunidades (e sim, tá bom, outros homens). Não posso impedir que você faça aquilo que quer fazer, mas, se dormir com a Polly, eu mato você. Ela é jovem, vulnerável e está encantada por você, mas também é a minha irmã caçula, então "non toccare", como eles dizem na Itália (isso me faz lembrar aquela lojinha de presentes em Lucca onde você comprou para mim aquela imagem horrorosa de porcelana da Virgem Maria porque achou que parecia meu pai vestido de mulher). Bjo.

Coloco a carta cuidadosamente sobre a mesa com a mão trêmula. Coração gelado? Jura? Cínico e superior?

Eu nunca me senti superior. Era o nosso joguinho. Nós estabelecemos as regras juntos. Astrologia, vidas passadas, anjos da guarda, o que quer que fosse, Clara se jogava no assunto e eu era responsável pelos freios. Nós concordamos em discordar, e ríamos juntos porque o que a gente tinha era maior do que qualquer outra coisa. Nós tínhamos amor. E concordávamos sobre isso. Agora ela não pode simplesmente mudar as regras e pegar um avião e sumir depois de quatro anos. É minha vida também.

Eu quero ficar com raiva, mas não consigo. Ainda atordoado com as acusações contra mim, também estou anestesiado por uma sensação gelada e que vem chegando de mansinho de que na verdade a culpa pode ser mesmo toda minha.

Olho para os meus pés. Doggo estava ali antes; agora ele está no sofá. Ele sabe que não pode subir no sofá, mas não parece muito preocupado com a minha reação. Na verdade, ele nem está olhando para mim. Ele apoia o queixo sobre as patas e olha fixamente para o lado de fora da janela, como se as nuvens passageiras trouxessem a resposta para algum enigma metafísico que o está atormentando.

– Doggo.

Ele não se vira, mas para falar a verdade ele nunca reagiu a esse nome, possivelmente porque ele sabe que não é mesmo um nome, mas algo de que resolvemos chamá-lo enquanto decidíamos por um nome decente.

Nós tentamos de tudo – e até nos aventuramos por sites de nomes para bebês, mas de alguma forma nenhum combinava com ele. Por um minuto pensei que "Eustáquio" pudesse ser a resposta. Não durou um dia sequer. De acordo com a Wikipédia, Santo Eustáquio era um general romano que se converteu ao cristianismo apenas para sofrer uma série horrenda de tormentos e desgraças que incluíram ser assado vivo, com os filhos, dentro de uma estátua de touro feita de bronze. É preciso dar um desconto para o imperador Adriano: ele não sabia apenas como construir uma muralha, mas tinha uma imaginação sombria na hora de se livrar dos inimigos. Santo Eustáquio, agora eu sei, é o santo patrono dos bombeiros (aqueles que não conseguiram apagar as chamas que cozinharam o coitado) e, de maneira mais geral, de qualquer pessoa que esteja enfrentando adversidades.

– Eustáquio – digo. – Estou enfrentando adversidades.

Doggo ergue uma orelha, só uma, a esquerda, mas não passa de uma contração involuntária e momentânea. Os olhos dele permanecem grudados nas nuvens passageiras.

Tiro o celular do bolso. Eu sei que o telefone dela está registrado nele porque nos falamos sobre a festa-surpresa da Clara em abril. Ela trabalha como coordenadora de uma empresa de atividades para crianças e parece passar a maior parte do tempo fazendo rafting no País de Gales. E, como estamos na época de férias escolares, acho que vou ter de deixar uma mensagem. Ela atende na quarta vez que o telefone toca.

– Daniel...

Apenas uma palavra, mas que traz uma mistura atraente de prazer, surpresa e expectativa.

– Oi, Polly. – Mais uma tremida da orelha de Doggo, desta vez a direita. – Tudo bem?

A culpa é toda mesmo da Clara, eu digo a mim mesmo, quase acreditando nisso. Esse pensamento nunca teria me ocorrido se ela não tivesse trazido o assunto à tona.

— Tudo ótimo — Polly responde, animada. — Trabalhando como um cão.

Olho para Doggo soldado ao sofá, o sofá e ele quase uma coisa só, e fico pensando de onde é que vinha aquela frase.

CAPÍTULO DOIS

Isso só ocorre quando estamos entrando no ônibus.

— Posso levar o cachorro?

— Depende do motorista, amigo.

Hoje em dia, os motoristas de ônibus andam enjaulados, para a própria proteção deles, e ele tem de apertar o nariz contra a tela de acrílico para ver melhor o Doggo no chão.

— Jesus — ele resmunga, nem um pouco impressionado. — Você vai ter de levá-lo no colo.

— Não posso. Ele vai me morder se eu tentar pegá-lo no colo.

— Hum, então ele é violento? Uma ameaça pública?

— Não, não, é só que... — Perco a fala, pateticamente. O que posso dizer? É verdade: ele vai me morder se eu tentar pegá-lo no colo.

— Desculpa, cara, mas regras são regras.

"Por favor, não diga isso", penso, mas ele diz mesmo assim:

— Meu emprego não vale tanto assim.

Normalmente eu recorreria com o meu caso, até faria um escândalo, mas não estou no clima hoje. Eu mal consegui fazer um ovo cozido para o café da manhã hoje cedo.

— Tudo bem. Desculpe incomodá-lo. Tenha um bom dia.

Estou saindo do ônibus quando o motorista diz:

— Se ele fosse um cão-guia ou, por exemplo, um cão de alerta de ataque cardíaco, ou um cão de companhia para pessoas com problemas mentais...

— Ele não é.

O motorista vira os olhos e fala bem devagarinho para os burros entenderem:

— Porque esses cachorros não dependem da vontade do motorista.

— Ah, sim, ele é um cão de alerta de ataque cardíaco. — Dou uma batidinha no peito para comprovar que falo a verdade.

— Problema no coração na sua idade? — Ele bufa. — Você está de brincadeira comigo.

Mas na verdade ele é quem ri da minha cara. Ele dá uma piscadela e faz que sim com a cabeça para que eu pegue um assento. Passo meu cartão Oyster no leitor e agradeço a ele.

— Deixe o cachorro meio escondido. A gente não quer que ele assuste os outros passageiros, não é mesmo?

Desta vez ele não está brincando.

O Lar Battersea para Cães e Gatos fica incrustado entre um velho gasômetro e um terreno baldio desolado que cerca a antiga e abandonada Estação de Energia de Battersea. É difícil imaginar um lugar mais horroroso para um lar de animais que ninguém quer. O terreno triangular e apertado é delimitado por trilhos de trem dos dois lados e por uma avenida bem movimentada do outro. O lugar foi reformado desde a última vez que passei por aqui há alguns anos. (Eu raramente venho para o lado sul do rio; o noroeste de Londres sempre foi o meu território, e por razão nenhuma além de ser onde vim parar quando me mudei para a capital.) Um prédio com uma fachada curva de vidro agora apresenta sua face brilhante para a avenida. A arquitetura extravagante parece um pouco exagerada, um insulto cruel a todos os parentes ansiosos que se viram sem nenhum tostão quando o advogado leu os termos do testamento da tia-avó Mabel. Ao contrário do que acontece na Itália ou na França, onde há regras e porcentagens justas para os descendentes, na Inglaterra você é livre para ferrar com a sua família mesmo da sepultura, e o bem-estar animal muitas vezes é o vencedor nas batalhas pelo legado.

Doggo não parece reconhecer esse lugar. Ele entra contente, aparentemente nem aí para os latidos abafados, porém nítidos, dos cachorros por sobre o barulho de um trem que passa.

Explico a minha situação para uma mulher no balcão. Ela é tão animada e luminosa quanto a recepção onde ela passa o dia, mesmo ao me dizer que eu realmente deveria ter ligado antes e marcado uma consulta. Provavelmente é coisa minha, mas noto alguma coisa frágil no sorriso gentil que Laura (o nome está em seu crachá) abre para mim. Ela me faz pensar nas pessoas que cuidam dos velhinhos em um asilo triste perto de Brighton onde meu avô está passando o resto de seus dias. Seria possível alguém ser tão implacavelmente bonzinho o tempo todo? Ou eles voltam à sua forma normal quando a porta se fecha atrás de você, falando palavrões como estivadores e abusando dos coitados que dependem deles? Minha decisão de reinar no cinismo de que Clara me acusou não está dando muito certo.

Dez minutos depois, Doggo e eu estamos em um escritório sem graça com outra moça animada, usando uma camisa polo padrão. Esta se chama Beth. Ela é responsável por arrumar um lar para os animais e claramente não está nada feliz ao ter de encontrar outra casa para um cachorro que foi levado para casa há apenas três semanas. É um alívio perceber que ela é humana. Beth deve ter a minha idade, eu acho, quase trinta anos, e ela se inclina para a frente, cotovelos sobre a mesa, enquanto ouve a minha história.

Eu apelo para a compaixão: conto como era a minha namorada que queria um cachorro, como ela nem me consultou, mas simplesmente apareceu com ele um dia, e então foi embora sem nem me avisar. Eu expliquei cheio de remorso que não tenho condições de cuidar de um cachorro sozinho. Beth faz que sim com a cabeça, mas posso ver os olhos dela procurando no meu rosto alguma dica das falhas que fizeram com que a pobre Clara me largasse. Consigo vê-la pensando se sou um homem violento, ou simplesmente chato. Eu não estou nem aí para o que ela acha, contanto que ela aceite Doggo de volta e me permita seguir em frente com a minha vida.

Eu mostro o envelope gordo que Clara deixou para mim e que contém toda a papelada oficial. Beth não precisa dele, ela já tem os arquivos. Ela não conhecia Doggo, mas não vê problemas em processar sua "readmissão na instituição". Tudo parece um pouco George Orwell demais para o meu gosto, mas sorrio e agradeço.

Ocorre que Doggo era conhecido como Mikey. Clara nunca contou isso para mim, mas posso perdoar essa omissão. Mikey!? Era como se os pais de Winston Churchill tivessem mudado de ideia na última hora e decidido chamar o bebê de Brian. Quer dizer, será que Roosevelt e Stalin teriam se sentado um dia com ele em Yalta se ele se chamasse Brian? Beth faz cara feia enquanto continua lendo.

— Que estranho, ele só ficou conosco uma semana antes de sua namorada levá-lo para casa.

— E?

— Eu tinha marcado o Mikey como um "permanente".

— Permanente?

— Como na prisão... aqui ele ia ficar a vida toda.

— Por que você diz isso?

— Bom, olha para ele, né?

Olho para Doggo, mas não há muito para ver. Ele se dobrou ao meio e agora está lambendo os testículos.

— Isso não é certo — diz Beth.

— Doggo, pare com isso.

— Não, é que temos uma política de castração aqui. — Beth folheia o arquivo e encontra o que estava procurando. — Ah, tá. Ele não ficou aqui tempo suficiente. Sua namorada concordou em castrá-lo.

Dessa vez eu a corrijo:

— Minha ex-namorada.

— Que seja. Ela assinou aqui dizendo que tomaria conta disso.

— Disso o quê?

Ela faz um gesto de quem corta algo com uma tesoura.

Estremeço. Talvez você precise ser do sexo masculino para entender que a castração não pode ser reduzida a um gesto de quem corta algo com uma tesoura.

— Ela não disse nada.

Beth pousa a mão sobre o arquivo sagrado.

— Está tudo aqui, preto no branco.

Mas não é preto no branco. É cinza, muito cinza. Estamos falando sobre as bolas do Doggo.

— Preciso pensar nisso.

— Mas precisa ser feito.

— Por quê?

— Porque é a nossa política.

Se ela me conhecesse melhor, não teria dito isso.

— Exterminar judeus, ciganos e homossexuais era uma política nazista. Então tudo bem?

Beth parece profundamente afrontada; o queixo dela até cai um pouco.

— Eu não acho que isso seja justo. — Os olhos dela assumem um tom mais aguado e desvio o olhar para evitar o mal-estar. Doggo ainda não parou de se lamber. Não me lembro de tê-lo visto assim tão feliz, e me vejo levantando da cadeira e estendendo a mão por sobre a mesa.

— Foi um prazer, Beth, mas eu e Doggo vamos embora agora.

É patético da minha parte. Ele é só um cachorro, um cachorro que eu nem queria para começo de conversa, mas estou esperando gratidão, ou algo assim. Eu aceitaria até um olhar para reconhecer a presença do animal de duas pernas na outra ponta da correia da coleira, mas nem isso eu ganho enquanto seguimos em direção ao Battersea Park.

— Ei, cara, eles iam cortar as suas bolas fora.

Doggo para e fareja uma lixeira.

— É isso mesmo. Corta-corta. *Adiós, testiculos.* Seria o fim das suas bolas... para sempre.

O momento para dizer isso não poderia ser pior. Estou tão concentrado no Doggo, pensando se ele vai levantar a perna para fazer xixi na lixeira, que nem vejo as crianças em seus uniformes azuis tão bonitinhos emergindo da escola, até que uma mãe que deveria ter rodinha nos pés exclama:

— Com licença! Olha a linguagem!

Eu conheço o tipo dela: loira e dolorosamente magra e muito certa de seu lugar no mundo dos privilegiados. Fico tentado a responder no mesmo tom quando vejo seu filho morrendo de vergonha da intervenção da mãe.

— Desculpe aí, garoto.

— Qual é o nome dele? — Pergunta o menino inesperadamente.

— Doggo.

Há uma 4x4 enorme estacionada ilegalmente ali perto, duas rodas sobre a guia, o pisca-alerta ligado. A mulher desliga o pisca-alerta com a chave a distância.

— Vamos, Hector.

Hector é um menino bonito, como o Christian Bale novinho em *Império do Sol* — o cabelo jogado e grandes olhos verdes.

— Ei, Doggo — ele fala com a voz mansa e se agacha no chão.

Doggo não apenas vira a cabecinha para Hector como também permite que o menino faça carinho nele, esfregue suas orelhas e dê uma coçadinha debaixo de seu queixo.

— Ah, quem é o cachorro mais legal? Você, Doggo. Você é o cachorro mais legal do mundo.

— Hector! — A mãe dá um grito indignado.

O menino olha de relance para mim e vira os olhos.

— Preciso ir.

— Melhora, viu? A vida, eu quero dizer.

— Vamos esperar que sim — ele diz. — Até mais, Doggo.

Nós dois ficamos parados ali, vendo Hector subir na grande Mercedes. Ele faz tchau enquanto o carro arranca.

Vamos esperar que sim? E dito com a paciência cansada de um filósofo da Bíblia. Ele não pode ter mais que doze anos. De onde veio esse moleque? Não da mãe dele, isso com certeza.

Eu sigo o exemplo de Hector e me agacho também.

— Ei, Doggo, você acabou de fazer um amigo.

Enquanto estendo a mão, fico imaginando se estou ouvindo o barulho do trânsito, mas é um ronco baixinho que vai se transformar em rosnado se eu não mantiver distância.

CAPÍTULO TRÊS

— Posso falar?

— Não sei, J. Você pode?

— Vou falar assim mesmo.

Eu abro as mãos.

— Então manda.

Estamos em um bar na Portobello Road, e J toma um gole de seu terceiro (ou esse é o quarto?) mojito antes de falar a verdade.

— Você teve sorte em se livrar dela, cara.

— Da Clara?

— E de quem mais? Eu nunca gostei dela.

Estou chocado.

— Eu fiquei com ela por quase quatro anos. Você não acha que poderia ter me contado isso antes?

— Vê se cresce, Dan. Até parece que eu vou chegar para você e dizer que o amor da sua vida é uma maluca. Para quê? Para isso voltar e explodir na minha cara quando você fosse para o altar com a louca?

— Ela não é louca.

— É louca, sim, cara, e sempre foi. Ei, não me leve a mal. Estava tudo bem quando nós éramos mais novos, mas isso aqui agora é a vida, vida de verdade. Agora não tem volta. Olha só o Jethro, por exemplo.

– O que tem ele?

– O tempo dele acabou.

– O Jethro?

Jethro é o cara mais legal que a gente conhece. Alto e artisticamente descabelado, ele divide seu tempo entre dormir no chão da casa das outras pessoas e tocar violão (e bem). Ele é tipo um trovador moderno, sempre indo de um canto para outro, sempre em busca de um novo benfeitor para dar casa e comida para ele.

– Eu vou te contar, o cara está em baixa mesmo. Todas as mulheres gostam de um *bad boy* quando ele ainda é moço, mas, fala sério, o Jethro não é o cara que você quer com o seu recém-nascido no colo. Ele provavelmente deixaria a porra da criança cair de cabeça.

– Eu gosto do Jethro. – E gosto mesmo. Ele tem um ótimo senso de humor e sabe contar histórias como mais ninguém que eu conheço.

– Ei, eu também gosto – abranda J. – Mas o tempo dele já passou. As mulheres da nossa idade não querem mais saber de um vagabundo, por mais charmoso que seja, quando o velho relógio biológico começa a tocar.

Ele tem razão. É por isso que as namoradas do Jethro estão ficando cada vez mais novas. Coitado do Jethro.

– A Clara não tem nada a ver com o Jethro.

– Só estou dizendo que dá para entender por que você quis ficar com ela. Ela é gostosa, bem gostosa, e meio louca, e tudo bem quando você é novo, mas não somos mais... desculpe falar a verdade. Você quer mesmo uma esposa que só fala de cristais e auras e sei lá mais que porra?

– Anjos.

– Anjos?!

– Ela conheceu um cara chamado Brandon que conseguiu convencê-la de que ela tem um anjo da guarda.

– Você está me tirando!

– O nome dele é Kamael.

Um olhar de incredulidade toma conta do rosto de J.

— Caso encerrado.

J e eu nos conhecemos na Warwick University, onde nós dois estudamos inglês. É uma daquelas amizades raras e bem especiais (e, de acordo com a minha experiência, mais comuns entre homens e mulheres) nas quais duas pessoas com personalidade e temperamento totalmente diferentes acabam se dando bem. Eu tendo a viver com cautela, e fico grato por qualquer coisa que se apresente para mim; J ataca como se estivéssemos em um campo de treinamento, cada obstáculo e impedimento feitos sob medida para atrasar seu progresso. Ele tem a energia, a vontade e a ambição de dez homens, talvez de cem.

É claro que temos algumas coisas em comum. Na Warwick, era a nossa paixão por literatura. Nós discutíamos sem parar por horas a fio sobre como iríamos fazer carreira em editora. As editoras precisavam de pessoas como nós — mentes jovens conectadas com a revolução digital que estava começando a dar forma à indústria. Nós chegamos à conclusão de que teríamos de seguir caminhos separados no começo, mas só para aprender o básico. À primeira oportunidade, montaríamos a nossa própria editora, a transformaríamos em um negócio de milhões de libras e a venderíamos pela melhor oferta.

Bom, nós dois nos vendemos muito antes disso, J aceitando uma oferta de emprego da McKinsey no último semestre na Warwick e eu ganhando um lugar na Academia de Formandos da D&AD logo depois. Um consultor de gerenciamento e um cara de publicidade: foi isso que a gente virou. Falemos mais sobre sonhos abandonados.

Eu consolo a mim mesmo às vezes com a ideia de que ganho a vida com as palavras, mas a verdade é que eu produzo frases de efeito cheias de significado para empresas com as quais eu não me importo nem um pouco. Eu sou um redator publicitário, e até que não sou ruim. Tenho alguns troféus horrorosos de prêmios pegando pó na estante para provar. As coisas eram melhores antes de o Trev ("O Gordo do Trev", como ele certa vez insistiu em ser chamado, mas não mais) ter um colapso nervoso. Ele era meu diretor de arte. Nós trabalhávamos juntos, redatores e diretores de arte. É uma parceria criativa, uma equipe de dois. A gente até troca de emprego juntos. Eu sabia que Trev era depressivo; era por isso que trabalhar com ele era tão divertido. Eu acho que deveria ter percebido antes, talvez até alertar alguém, mas o negócio é que ele produzia as melhores coisas quando estava na pior. Ele está bem agora. Mas só "bem", não mais que isso. Os remédios acabaram com tudo aquilo que fazia Trev ser o que ele era. Não há mais arestas a serem aparadas, nem altos e baixos, e certamente nada de risada, mas pelo menos ele está vivo. Ele estava pensando em se jogar do prédio onde mora perto de Bermondsey como se fosse uma andorinha.

Talvez Clara tenha razão, talvez eu tenha o coração frio, mas não posso parar de sorrir quando aquela imagem me vem à cabeça: o Gordo do Trev mergulhando como uma andorinha. É algo que tem a ver com a combinação cômica de um volume bruto com uma *finesse* delicada, como aquela fêmea de hipopótamo dançando balé no filme *Fantasia* da Disney, aquela que sai dando piruetas com um tutu transparente. Espero um dia poder compartilhar esse pensamento com o Trev e que a gente possa rir disso. Mas, enquanto isso, estou sozinho nessa.

Não tem sido fácil. Venho vagando por essa imensidão deserta por quase seis meses já, gastando minhas economias, me preocupando com os pagamentos da casa. Ninguém quer saber de um redator solitário. Eu ainda tenho um nome forte o bastante para forjar uma reunião ou duas com as pessoas que foram nossas rivais por aqueles troféus horrorosos. Na maior parte do tempo, porém, elas só estão curiosas por me conhecer e saber a fofoca em primeira mão sobre o Gordo do Trev.

A Indology pode ser diferente. Não vai demorar muito para eu descobrir.

— Indology? — J dá risada. — Que tipo de nome é esse para uma agência de publicidade?

— Não é tão ruim — respondo, na defensiva.

Agora já estamos em outro bar. O lugar escolhido tem um look pós-apocalíptico: tijolos expostos, concreto e luminárias industriais, daquelas de rua, que podem ser ou não a mais nova moda em design de interiores.

— É uma agência pequena, nova, independente.

— Tá — J aceita. — Dá para entender o *Ind*. Mas e o *ology*?

— É um tipo de método, uma ciência. Como psicologia, teologia, sociologia...

— Punhetologia.

— Pelo jeito eles até propuseram esse nome para um grupo de pesquisa, mas o resultado não foi muito bom.

J dá risada e segura meu braço.

— Desculpe. Espero que dê em alguma coisa, de verdade. Quando é a entrevista?

— Depois de amanhã.

J tem de fechar os olhos para fazer as contas.

— Quinta. Estou em Frankfurt. Você já foi para lá?

— Frankfurt?

— Não vale a pena, é um buraco. Mas os alemães são gente boa. Para eles eu tenho bastante tempo.

Isso me anima. J é de uma família judeo-alemã e perdeu um monte de parentes há três gerações. Ele sabe das histórias — ele ouviu todas desde bebê — e mesmo assim está preparado para esquecer tudo e seguir em frente. A generosidade dele me faz me sentir bem melhor em relação à questão muito mais insignificante de ter sido largado pela mulher com quem eu achava que fosse me casar.

CAPÍTULO QUATRO

Eu me lembro do que Beth disse no lar para cachorros (com uma névoa de pena nos olhos): "Bom, olha para ele, né?" Mas a verdade é que eu nunca tinha olhado de verdade para ele, nunca me sentei para estudá-lo do jeito que estou fazendo agora.

Clara tinha razão – ele é pequeno e, apesar dos esforços dela para convencer o mundo do contrário, é feio. Eu não fui criado com cachorros, mas eu os conheço. Eles foram uma parte da minha vida desde muito cedo. Mas, em geral, eram cachorros grandes, cachorros que podiam encher uma sala com sua presença tempestuosa e arquejante: golden retrievers, labradores e perdigueiros. Esses eram os cachorros que meu avô adorava, e muito mais, eu suspeito, do que ele amava (ou até mesmo gostava) minha avó. Dito isso, ela foi a única que sobrou para cuidar de Hecuba – um boiadeiro bernês colossal e neurótico –, enquanto meu avô se despede da vida naquele asilo horroroso.

Doggo não poderia ser mais diferente de um boiadeiro bernês. Ele é tudo o que um bernês não é. Ele é minúsculo, branco e quase careca. Digo quase porque há tufos de pelo aqui e ali, em caminhos de rato, como as moitas que um jardineiro preguiçoso não cortou. Ele tem um tipo de moicano que acompanha a coluna, e um tufo do mesmo pelo na ponta de sua cauda fina. Há também cachinhos minúsculos

– nem marrons, nem amarelos, mas alguma mistura dos dois – na parte de trás das patas dianteiras dele. Eles sugerem uma dose de spaniel, assim como três topetinhos da mesma cor (provavelmente cor de xixi). Mas o focinho não tem nada a ver com o de um spaniel. É achatado demais, muito parecido com o de um pug. E dá margem a algo oriental, como talvez um pequinês. Mas, não, Doggo desafia qualquer tipo de categorização básica. Ele parece um cachorro que se ralou em uma parede e depois decidiu não ter cirurgia reparadora. O contorno caído e sonolento dos olhos dele me faz lembrar um bassê, mas os olhos propriamente ditos são animados e alertas. No entanto, neste momento, eles me prendem à cadeira com um olhar frio e firme.

Será que ele sabe o que eu estou pensando? Será que ele sabe que estou pensando que os cotovelos dele são tão mais desenvolvidos que os joelhos porque a cabeça dele é grande demais para o corpo e os músculos têm de trabalhar dobrado?

Ele dá uma piscada preguiçosa lá do sofá.

Ele adotou o sofá como se fosse dele mesmo nos últimos dias e, por compaixão (pela perda de sua dona), deixei. Ele gostava da Clara. Ele se animava na presença dela, como todos nós.

– Cadê a Clara, Doggo?

Ninguém sabe. Nem a Fiona, nem Hatty, nem nenhuma de suas boas amigas. A não ser que elas estejam todas mentindo para mim. Parte de mim quer se entregar à paranoia e se impregnar da conspiração, mas tenho certeza de que Polly estava falando a verdade quando liguei para ela mais cedo e ela disse que a família ainda não tinha ouvido nem um pio de Clara. Pelo jeito, os pais dela estão arrancando os cabelos.

Polly e eu nos falamos três vezes desde que a irmã dela pegou um avião e sumiu. Mas trocamos mais mensagens de celular que isso. Eu posso ter sido o primeiro a incluir um beijo ao final de uma delas, mas foi Polly quem mandou dois, e então três. Eu venho mantendo o ritmo com ela, mandando sempre o mesmo número de beijos que ela. Até o fim da semana estaremos mandando bjbjbjbjbjbjbj. Provavelmente existem regras sobre essas coisas, códigos conhecidos apenas por um grupo seleto de iniciados. Talvez bjbjbjbjbj queira dizer "Quero que você faça *y* comigo".

6bj = *y*

Eu me assusto ao pensar que se bj = 4 (o número de anos que eu e Clara passamos juntos), então *y* é a idade de Polly, que é seis anos mais nova que eu. Há uma circularidade agradável nessa equação, apesar de ser uma justificativa pobre para onde a minha mente está me levando.

Eu acertei: a Polly está mesmo no País de Gales, onde o rafting está melhor do que nunca depois dos pés-d'água dos últimos dias. Ela está vindo para Londres no sábado em uma van cheia de crianças, e volta no domingo com uma nova turma de merdinhas (palavras dela, não minhas). Eu já reservei o restaurante onde vamos jantar. É um italiano ótimo, íntimo, mas animado, e a apenas alguns minutos de caminhada do meu apartamento. Eu passei por lá para escolher a mesa e acabei de mandar uma mensagem a Polly para dizer que, se ela não quiser encarar o táxi de volta para o apartamento que divide no leste de Londres, pode ficar na minha casa sem problema. Eu assinei com apenas um bj, o que achei que seria uma maneira decorosa de dizer: "Não, não é o que você está pensando".

Essa é a minha casa. Clara veio morar comigo oficialmente há um ano, mas só tem o meu nome nos documentos. O apartamento dela, a oeste e depois de Acton, está alugado, e parte do dinheiro do aluguel me ajuda a pagar o financiamento todo mês. Mas não mais, agora eu sei, porque chequei ontem à noite — no dia em que o dinheiro dela geralmente chega à minha conta — e vi que não chegou. Isso demonstra premeditação, certo grau de planejamento. Com todo aquele nervosismo aparente, Clara era surpreendentemente pragmática.

Um pensamento me ocorre. Verifico a correspondência que permiti se acumular na mesinha lateral do corredor desde que ela foi embora. Não há nenhuma carta endereçada a Clara, nem mesmo uma propaganda. Checo na internet e vejo que o correio pede pelo menos cinco dias de antecedência para o serviço de redirecionamento da correspondência.

O olho forense que treinei com o Doggo começa a notar coisas que eu não tinha percebido até agora, como os espaços vazios nas estantes de livros e na pilha de CDs, e a almofada que está faltando na poltrona, que ela comprou em Cornwall na última Páscoa. Um minuto depois, estou de joelhos na cozinha, checando os armários. A saladeira de madeira que pechinchamos até levar em um mercado de rua em Bungay não está mais ali, nem o processador de alimentos. Eu tinha imaginado Clara carregando com muito custo algumas braçadas de roupas para um carro à sua espera, mas isso aqui é volume de verdade, o bastante para arrumar as malas e fazer pelo menos duas viagens de carro, além de saber onde ela ia guardar isso tudo. Aquela conversa na carta dela de ter tomado uma decisão impulsiva parece menos real a cada armário que abro.

O mais estranho é que estou aliviado. Uma partida impulsiva sugere um grau de revulsão repentina do tipo: "Ai, meus Deus, não aguento mais!", enquanto um êxodo planejado, por mais que seja desconcertante, permite que você compartilhe o pensamento racional que levou a ele. Consigo ver por que ela foi embora. É claro que consigo, porque tive vontade de fazer a mesma coisa algumas vezes. Mas ela conseguiu ir embora antes de mim, e com uma segurança brutal que quase me faz sentir orgulho dela. Que coisa doente, hein?

"Doente mesmo", diz o olhar do Doggo.

Ele abandonou seu precioso sofá e chegou perto de mim sem que eu percebesse. Ainda estou de joelhos em frente aos armários da cozinha, então nossos olhos estão quase no mesmo nível. Será que estou errado? Agora ele parece me olhar com algo que fica entre a pena e o desdém. "Nós vemos aquilo que nós queremos ver", penso. Obviamente estou sofrendo de um caso do efeito Kuleshov. O grande cineasta russo provou isso há quase um século com sua montagem de um ator olhando para uma tigela de sopa, e então para uma menina morta em um caixão, e então para uma bela mulher esticada e sexy em um divã. O público ficou de queixo caído pelas emoções altamente divergentes que o ator conseguiu trazer ao olhar fixamente — fome voraz, luto e desejo sexual — até Kuleshov revelar que as cenas gravadas com o ator eram idênticas em cada exemplo. Eles simplesmente viram aquilo que queriam ver. Eles colocaram suas próprias expectativas à mesa.

É isso que vejo agora: eu mesmo, desgraçado pela minha investigação de araque, refletido nos olhos pretos e levemente saltados de Doggo. Ele provavelmente só quer um biscoito. Ele sabe que eles moram no armário sob a pia da cozinha.

— Quem quer um biscoito? — Pergunto daquele jeito esquisito com que se fala com cachorros e crianças pequenas.

Ele balança o rabo.

CAPÍTULO CINCO

É uma entrada nada impressionante, uma porta cinza no final de um pátio de paralelepípedos no coração do Soho. Há um interfone na parede e uma placa de aço escovado que diz: INDOLOGY.

Além da porta cinza, uma escadaria industrial de aço leva à recepção espaçosa. Eles decidiram seguir um estilo enigmático, nada manifestadamente corporativo nem autocongratulatório (como certificados de prêmios emoldurados pelas paredes), nada que possa defini-los nem datá-los. Uma morena jovem e atraente com o cabelo curtinho e óculos de *geek* desvia o olhar do computador. Eu disse a ela meu nome no interfone, e está na cara que ela sabe por que estou aqui.

— Eles vêm falar com você daqui a pouco. Pode se sentar. Você quer beber alguma coisa? — Ela fala bem e tem os olhos azuis e sagazes.

— Um café seria ótimo.

— Que tipo? Nós fazemos todos os tipos.

— Só um cafezinho preto e forte, por favor.

— Expresso duplo?

— Normal.

— Você está contratado — ela brinca.

Já gosto dela. E gosto ainda mais quando ela se levanta, dá a volta em torno da mesa dela e me oferece a mão.

— Meu nome é Edith.

É um nome de uma outra era. Sugere pais com um interesse por coisas estranhas e misteriosas.

Eu estou nesse negócio há tempo suficiente para saber que são pessoas como Edith que um dia vão dominar essas empresas. Elas não são recepcionistas profissionais: elas aceitam aquilo que conseguem, qualquer coisa para entrar na empresa. Elas são espertas e, acima de tudo, pacientes. No caso de Edith, as marchas longas e o charme quase de menino não vão impedir sua ascensão nas fileiras.

— É colombiano — diz ela ao retornar com o meu café.

— E se eles não sabem nada sobre drogas, então quem sabe, né?

No primeiro momento temo ter exagerado com a minha resposta, mas ela sorri.

— Você deveria ter me contado. Também temos Coca... normal e diet.

É, ela vai até o fim.

Eu nunca conheci Ralph Aitken antes, mas já o tinha visto do outro lado de uma sala cheia de gente em uma festa de Natal dada por alguma agência há alguns anos. Ele não é difícil de enxergar, mesmo a distância, e não é porque é superalto. Como eu, ele mal chega a um metro e oitenta, mas tem uma presença, uma energia barulhenta e avuncular que desafia você a chegar ao nível dele se puder (enquanto ameaça destruí-lo se você ousar fazer isso). Ele acossou o mercado que vivia de cordialidade e tapinhas nas costas e não quer nenhum desses fingidores no trono. Tem o cabelo grisalho e cheio, um bronzeado bem desenvolvido e está usando jeans justos demais para qualquer sexagenário de respeito. Há também um toque de estuário no sotaque dele que sugere um homem que se ergueu sozinho.

Eu sei que a Indology é a terceira agência fundada por ele e que a venda das duas primeiras fez dele um homem rico, provavelmente rico o bastante para se aposentar. Também sei que preciso que ele me ofereça um emprego, então estou mais que disposto a adorá-lo no altar. O outro homem sentado à grande mesa oval na sala de reuniões está usando um paletó, um sinal óbvio de que não encabeça a equipe criativa.

— Tristan Hague — ele diz, apenas meio que se levantando da cadeira para me cumprimentar. Ele é bonito sem fazer esforço, e algo em seu sorriso sugere que ele sabe disso. Há alguma coisa na maneira como ele pronuncia o nome "Tristan" que sugere que tenho de reconhecê-lo. Eu sei o que ele quer dizer, já ouvi falar dele.

— Tristan é o nosso diretor — Ralph explica. — Ele saiu da *Campaign* para se juntar a nós há alguns meses.

Campaign é a revista do setor, uma mistura de notícias e fofocas incestuosas que quase nunca leio. Mesmo assim, agora eu me lembro... Tristan Hangue... os artigos opinativos expressivos com um toque de sátira (e uma leve presunção?).

— "O" Tristan Hague? — Pergunto.

Isso deixa Tristan todo feliz e ele mostra um sorriso campeão.

— Crítico que virou a casaca.

— Ou vira-casaca que virou crítico, se você prefere — completa Ralph.

Estou começando a entender que Ralph é um ótimo público para as suas próprias piadas. Ele também é o chefe, então nós dois damos uma risadinha indulgente, Tristan e eu, acompanhada rapidamente por nossa subserviência. Como estamos na Inglaterra, conversamos sobre o clima inclemente até Edith aparecer com o nosso café. Percebo que há quatro xícaras na bandeja. A quarta xícara é para ela, e ela se senta à direita de Ralph. Não pode ser que ela esteja aqui para tomar notas para a minuta da reunião: ela não trouxe um bloco de papel.

— Pedi para Edith participar — Ralph explica. — Espero que você não se importe.

— É claro que não.

— Você vai ver o porquê. — Ele não diz mais nada sobre o assunto, planta os cotovelos sobre a mesa, entrelaça os dedos e diz: — Então, conte para nós sobre o Gordo do Trev.

Eu não estava mentindo, eu gosto do Gordo do Trev, mas estou de saco cheio de ser interrogado sobre ele, provavelmente porque eu sei que, se eu tivesse tido um piripaque, o Gordo do Trev não estaria aqui sendo interrogado sobre mim. O Gordo do Trev é uma lenda, um "personagem", maior que a vida, e sou visto como o parceiro silencioso, o "escada" no esquete de comédia, o Stan Laurel para o Oliver Hardy dele. Eu sei que na verdade não é bem assim, mas Trev era a minha caixa de ressonância, o meu parâmetro para testar as minhas ideias. Mas ninguém gosta de ver um mito desconstruído, e aprendi a contar para os outros aquilo que eles querem ouvir de mim: eu, o par de mãos seguras, dando forma às ideias geniais de Trev para transformá-las em algo vagamente apresentável.

— E você não precisa ser modesto — Ralph completa.

Por essa eu não esperava.

— Como?

— O que Ralph quer dizer — Tristan entra na conversa — é que perguntamos por aí... para as pessoas na área... e parece que o Gordo do Trev era especialista em tomar o crédito pelas suas ideias.

Não sei bem por que estou aqui. Foram eles que entraram em contato comigo, sugerindo que eu viesse conversar. Eu tinha trazido meu "portfólio" comigo — uma pasta com exemplos do meu trabalho —, mas eles não pareciam nem um pouco interessados. Eles passaram os dez minutos seguintes falando sobre eles mesmos, sobre a Indology, a situação da empresa, os planos para o futuro e como eles planejam chegar lá. Tristan é quem fala mais. O discurso dele é pontuado por frases irritantes como "busca pelo ouro criativo", "levar a batalha para o mercado" e "revolucionar palavras", mas ele supera todas as outras ao anunciar de repente que "nós fazemos o zague enquanto os outros fazem o zigue".

"Pense no emprego", eu digo a mim mesmo. "Não ria. Não desvie o olhar e faça que sim com a cabeça."

De duas, uma: ou eles adoram se exibir para quem tiver a paciência de ouvir, ou estão se vendendo para mim. Ouso acreditar que se trata da segunda opção quando Ralph passa um arquivo por sobre a mesa para mim e então vem a decepção.

— Esse é o lançamento de um novo produto, mais um enxaguante bucal dos nossos velhos amigos na KP&G. Aparentemente, a pesquisa de mercado mostrou que o público está pronto para algo menos médico ao escolher enxaguantes bucais. Eles já estão de saco cheio de controle da gengivite e da placa; eles estão abertos a uma nova abordagem. O briefing é para uma campanha incrível de outdoors que vai ser lançada em todo o país. Eles estão chamando o produto de SWOSH! Você viu o ponto de exclamação, que abusado? — Diz Tristan.

É um velho truque, no qual já caí antes. O trabalho é uma isca que eles balançam diante da gente para conseguir algumas ideias de graça. Fulo da vida por ter cruzado a cidade por uma razão muito diferente, decido não dar nada a eles, ou pelo menos uso as minhas cartas com muito cuidado.

É irritante, mas estou impressionado. Eles escolheram uma série de fotos em preto e branco de casais se beijando, apesar de nada bem-comportado como o famoso beijo de Cartier-Bresson. As imagens são mais sensuais, como se o próprio ato do sexo fosse ocorrer em questão de instantes, ou estivesse acontecendo enquanto observamos. Elas são todas diferentes, como beijos realmente são — em uma delas, uma mulher acolhe o rosto do homem entre as mãos, segura, assertiva —, mas são unidas pelo mesmo slogan: "Abrace a vida".

— Elas são muito boas — elogio.

— Mas? — Ralph pergunta.

— Mas nada.

— Nada mesmo? — Exige Tristan. Ele olha de relance para Ralph, que olha de relance para Edith, que me examina com um olhar curiosamente intenso. E só agora isso tudo faz sentido. A campanha é dela, da Edith. É por isso que ela está sentada à mesa.

— Eu não acredito em você — ela diz. — Deve ter alguma coisa errada.

Ela tem razão, e folheio a pasta mais uma vez, mas só porque é ela e eu gosto dela.

— Talvez elas estejam pedindo um pouco de impacto.

— Impacto? — O coro responde.

Prometi ficar calado, mas não consigo me controlar.

— As imagens são ótimas, mas não sei se existe tensão o suficiente entre elas e o slogan. É como se eles estivessem saindo do mesmo lugar.

— E qual o problema com isso? — Tristan pergunta, levemente agressivo demais.

— Marcel Duchamp grudou um mictório na parede de uma galeria de arte e chamou aquilo de "A fonte". Será que teria funcionado se ele simplesmente tivesse chamado de "O urinol"?

Ralph sorri.

— Continue.

"Chega de brinde", penso.

— É isso — eu me lembro de estar no lugar de Edith; eu me lembro do terror do começo de carreira, de apresentar o meu trabalho para todo mundo ver e dissecar, e faço questão de me virar para ela. — Parabéns.

Ela agradece fazendo que sim com a cabeça, mas não me convence. Ela parece abatida. Ralph pede para falar um minuto em particular comigo e, apesar de Tristan se mostrar relutante em sair da sala, e até mesmo surpreso com o pedido, ele e Edith se retiram. Ralph espera eles fecharem a porta.

— Você está certo, mesmo que eles achem que você esteja errado. — Ele se ajeita na cadeira e sorri para mim. — Marcel Duchamp. Gostei. Eu é que queria ter dito aquilo.

— Um dia você chega lá.

Ele dá risada.

— Por que nunca trabalhamos juntos antes?

— Você não podia me pagar.

Ele ri ainda mais.

— E por que você acha que agora eu posso?

— Por causa do Bentley com placa personalizada estacionado lá no pátio.

É estranho, normalmente eu não falo assim. O Gordo do Trev fala assim (enquanto eu fico só olhando, timidamente). Não sei por quanto mais tempo vou conseguir baixar o Trev, mas ainda bem que não preciso. Ralph bate a mão sobre a mesa e anuncia:

— Tudo bem, o negócio é o seguinte. Oito mil de salário básico mais um bônus com base nos clientes que ganhamos. Você leva plano de saúde e previdência da empresa, mas, se eu fosse você, nem encostaria nesse dinheiro de aposentadoria. Aqueles políticos malditos já terão arranjado um jeito de pagar uma ninharia quando chegar a sua hora de se aposentar.

Estou paralisado. Eu julguei a situação de maneira totalmente errada, e é um ótimo pacote. Já trabalhei por muito menos.

— Você vai trabalhar com a Edith, ensinar como tudo funciona e tirar até o sangue dela. A menina é nova, mas aprende rápido. Ela precisa trabalhar com alguém com experiência. Você acha que consegue treiná-la para fazer acontecer?

É uma ideia atraente. Eu só tenho uma pergunta:

— Qual é a política da empresa em relação a trazer animais de estimação para o trabalho?

— Fácil. Ninguém traz.

— Eu tenho um cachorro, um cachorro que não posso deixar em casa.

Ralph tem a mania de passar os dedos pelos cabelos, como se estivesse checando se tudo ainda está ali — e, surpreendentemente para um homem da idade dele, não está faltando nada.

— Não tem jeito mesmo?

Eu dou de ombros, me desculpando.

— Desculpe.

— Que tipo de cachorro?

— É difícil definir.

– Grande, pequeno ou médio?

– Pequeno.

– E ele é treinado? Ele não vai cagar em todo canto, vai?

– Não.

Ralph se levanta e me estende a mão por sobre a mesa.

– O Tristan vai me matar, mas fazer o quê?

CAPÍTULO SEIS

É uma das coisas mais engraçadas que já vi, e Polly estava ao meu lado quando aconteceu, meu ombro roçando no dela, nossos esquis plantados perpendicularmente no meio de uma das descidas daquele morro do mal.

O nome dele é Tortin — uma rampa de 45 graus na montanha na parte de trás de Verbier. Nós não havíamos planejado esquiar ali, mas perdemos o último teleférico para voltar do jeito mais fácil para nosso apartamento alugado em Nendaz, e não tínhamos alternativa. Há uma longa travessia passando pelo topo que requer uma descida na pista de fazer o coração ir parar na boca. Você continua atravessando, rezando para tudo ficar mais plano. Mas não fica. Os montinhos de neve lá embaixo só ficam cada vez maiores, como fuscas cobertos de neve. Contudo, naquele ano, não era neve, mas gelo. Não nevava havia semanas.

Clara é a melhor esquiadora do grupo, e de longe. Eu sou péssimo. Sempre fui péssimo. Polly é quase tão boa quanto Clara, e o namorado de Polly, um sul-africano pesadão chamado Jannie, é quase tão ruim quanto eu. O outro casal — Martin e Miranda — é competente. Mas não faz diferença nenhuma. O Tortin supera todos nós. Nós passamos por ele e todos caímos, nos estatelando, girando, escorregando para longe. A gente tenta sacudir o gelo do corpo, encontrar os esquis e olhar para a pista de novo. Será que já passei tanto medo assim na vida?

Clara abre caminho e esquia passando como uma cobra pelos fuscas de gelo, e Martin e Miranda fazem o melhor que podem para copiá-la. Polly fica para trás, docemente preocupada comigo e com Jannie. E Jannie não é um cara acostumado com a doce preocupação de uma mulher — ele é um tipão meio homem das cavernas, e fica cada vez mais irritado, e ainda mais quando me vê aceitando a situação. Reclamando de uma cãibra na panturrilha, ele se senta com tudo no chão e nos manda seguir em frente; ele encontra a gente lá embaixo. Durante a descida, Polly decide parar à minha frente.

— Acho que deveríamos esperar por ele.

A luz está desaparecendo rapidamente e Jannie é uma mancha escura na lateral da montanha. Polly acena para ele. Jannie não acena de volta. Ele se esforça para se levantar com os bastões de esqui e berra para a gente com aquele sotaque carregado:

— Está tudo na mente. Você precisa ter coragem, atacar, dominar a montanha. Você precisa acreditar.

Dez segundos depois, quando ele passa pela gente, o cara está praticamente voando, incrível! Ele também está de cabeça para baixo, perfeitamente invertido.

— Fodeu — ele diz um segundo antes de a cabeça dele se encontrar com um fusca de gelo.

Conseguimos fazer com que ele risse de tudo mais tarde, e Polly e eu estamos rindo disso agora no restaurante.

— Ai, meu Deus — ela recupera o fôlego. — Coitado do Jannie. Tenho certeza que o ego dele nunca se recuperou.

Nós dois estamos de bom humor. Polly está aproveitando as boas-vindas elétricas da cidade depois de um mês no fim do mundo, e já enxugamos quase uma garrafa de champanhe inteira no meu apartamento antes de sair para comemorar meu emprego novo. Acho que vamos acabar com a garrafa depois. Polly aceitou o meu convite para passar a noite no meu apartamento. Neste momento, a mala de mão dela está em cima da minha cama. É dela — a cama, quero dizer; vou ficar no sofá. E deixei isso bem claro. Doggo vai ter de encontrar outro lugar para dormir, como por exemplo a cesta forrada cara e imbecil que a Clara comprou para ele e que mal recebeu um olhar de relance dele desde que ela foi embora.

Falamos sobre ela, inevitavelmente, apesar de ela não aparecer na conversa até o nosso prato principal. Polly tem um palpite de que ela está em Bali. Até que faz sentido. Clara sempre foi fascinada por Bali. Ela era budista antes de começar a acreditar em anjos, e aquela ilha é lotada de templos budistas. Fico imaginando se o anjo da guarda dela vai gostar do novo lugar. Será que Kamael vai se adaptar, ou ficar de mau humor? Os anjos têm lugar no budismo? Faço uma anotação mental para checar isso na internet mais tarde.

Clara também pode ter ido para Bali porque adora comunidades artísticas. Ela se sente em casa no meio de pintores, escultores e gente que faz peças de prata. Ela é uma stylist freelancer para comerciais de TV — foi assim que a gente se conheceu —, mas a descrição do trabalho não faz jus à criatividade dela. Ela está sempre fazendo coisas com as mãos: desenhando, pintando, fazendo as próprias bijuterias e roupas. Lá no fundo eu espero que ela esteja respondendo a um chamado vindo dela mesma, porque isso explicaria o comportamento dela e me exoneraria. Quando menciono isso para Polly, ela dá uma risadinha.

— Ela é fogo de palha. E sempre foi, mesmo quando a gente era criança. Volúvel e egoísta.

— Você acha?

— Ela sempre quer ser o centro de tudo. Quer dizer, que tipo de pessoa simplesmente desaparece sem falar nada para ninguém? É infantil. — Ela agita as mãos no ar. — Olhe para mim, olhe para mim...

Mas agora você não pode porque eu fui embora e não vou contar para ninguém onde estou.

Eu sei que Polly e Clara têm seus problemas — e que irmãos não têm? —, mas nunca tinha percebido antes como Polly desprezava a irmã mais velha.

— Falando sério, Dan, eu fico surpresa por você ter aguentado por tanto tempo. Você é muito compreensivo.

— Ou simplesmente fraco.

— Você não é fraco. Isso é a última coisa que você é.

Clara escreveu naquela carta que Polly estava encantada por mim. Na hora eu achei que fosse ridículo, mas há um brilho nos olhos de Polly que sugere algo parecido com isso.

"Não", eu digo a mim mesmo. "Você não deve."

— E qual é a primeira coisa? — Pergunto.

— Engraçado. Você sempre me faz rir.

— E a segunda?

— Ei, chega de falar de você — ela diz, alcançando a sua taça de vinho. — É a sua vez de falar sobre mim.

Não é inevitável. Na verdade, estou fazendo de tudo para tornar isso evitável, tipo dormir no meu saco de dormir no sofá, ligar o despertador para Polly no quarto e sugerir que ela use o banheiro primeiro pela manhã. Mas ela acaba com o teatro assim que termina de escovar os dentes.

— Eu posso ir dormir e você pode ir dormir e só tenho que esperar um pouco para ir para a sala e perguntar se você quer dormir comigo. E tudo bem, mesmo que você não queira, vir comigo, eu quero dizer, mas se você quiser, bem, então parece uma perda de tempo, já que eu tenho de acordar cedo...

Ela está ali parada à minha frente, toda modesta e irresistível usando uma camiseta branca.

— A Clara disse que me mataria se eu dormisse com você.

— Você acredita nela?

— Eu acho que ela quis dizer isso no sentido figurado.

— Ela nunca vai descobrir. — Polly bate continência. — Palavra de escoteira.

— Você nunca foi escoteira.

— Fui, sim. Eu só não era muito boa.

— Não, não era mesmo... Era uma escoteirinha muito má.

Polly sorri e dá um passo na minha direção.

— Vamos pensar assim: se não acontecer agora, não acontece nunca. — Ela segura a minha mão. — E você consegue viver com isso? Porque eu não sei se consigo.

Se Clara é a artista da família, então Polly é a esportista. Ela jogou hóquei na grama no time de Hampshire quando era mais nova. Não sei o que esperar, talvez algo atlético, vigoroso, possivelmente um pouco mecânico. Eu não poderia estar mais errado. Ela é como líquido na cama, como melaço, sem pressa. Tenho de lutar para não me afogar nela. Se isso é vingança, então é a vingança mais doce que já tive, e não deixa lugar para comparações. Ela é tão diferente de Clara, tão à vontade com si mesma.

Clara é mencionada depois:

— Ela abandonou tudo isso? Ela é louca. — Polly lambe meu pescoço úmido, e então sussurra em meu ouvido: — Eu é que me dei bem no final.

— Mais ou menos.

Ela está sobre mim e ainda estou dentro dela, então, quando ela ri, eu sinto também.

É como se fosse um cocô de cachorro de mentira — perfeitamente enrolado e com a ponta virada para cima, como daqueles que você compra em uma loja de travessuras. Está esperando por mim à porta do quarto quando me levanto para fazer chá para a gente pela manhã.

À meia-luz que sangra pelas venezianas, posso ver Doggo enroscado no sofá. Sei que ele está mentindo, fingindo estar dormindo.

— Já entendi a mensagem — resmungo ao passar por ele a caminho da cozinha.

Nada. Nem uma mexida de orelha. Putz, ele é bom mesmo. E o Oscar de Melhor Cachorro Dormindo vai para...

CAPÍTULO SETE

É o meu primeiro dia no trabalho e caminho contente pelas ruas do Soho. Doggo parece notar o meu humor e vem trotando todo feliz ao meu lado.

— Pare — eu comando quando estamos prestes a cruzar a Broadwick Street. Ele não para, pelo menos não até a correia quase arrebentar. — Você se lembra do que eu disse? Direita, esquerda, direita de novo. — Ele olha para mim como se eu fosse louco. Eu me agacho ao lado dele, apontando. — Direita, esquerda, direita de novo.

O mais incrível é que os olhos dele seguem o meu dedo.

— Meu Deus, mas que gracinha!

Duas meninas obesas de salto vêm se equilibrando na calçada em nossa direção.

— O quê? — A amiga pergunta. — O cara estranho falando com o cachorro estranho?

A risada das duas, que mais parece um cacarejo tirando uma com a nossa cara, vai desaparecendo enquanto seguimos para a Wardour Street.

— Não ligue para elas — digo para Doggo. — Elas são o que a gente chama de...

Mordo a língua. Não sei se deveria ensinar palavrões a ele.

É uma manhã de apresentações. Primeiro a empresa toda se reúne na sala de reuniões, os vinte e poucos funcionários. Ralph faz um discurso e eu sorrio sem graça, e então todo mundo volta para o trabalho. Na Fase Dois, eu faço a ronda com Tristan e Edith (sem me esquecer de Doggo, que se comporta o tempo todo como se a recepção fosse para ele e ainda não tivesse certeza de que aprova meus colegas).

A Margaret de Contas nos recebe com aquela frieza.

— Ela tem um gato — Tristan oferece como explicação enquanto seguimos em frente.

— E daí? — Edith pergunta.

— Bom, ela agora quer saber por que não pode trazer o gato para o trabalho também. — O tom dele não deixa dúvida sobre a sua opinião a respeito de Doggo no escritório.

Os escritórios da Indology ocupam dois lados do pátio. Há claraboias no telhado pontudo, tábuas originais no chão e todos os móveis são minimalistas e de designers de renome. O efeito é calmante, aliado a uma eficiência viva e que não dá espaço para disparates. Há bastante espaço vazio.

— Bastante espaço para crescer — Tristan comenta. — E o nosso negócio é crescer.

Ralph chegou ao mercado nos anos 1970 e não tem paciência com planos abertos em escritórios. Os executivos de conta e os "planejadores" têm suas próprias salas. Tristan aprova.

— Quando você está alisando um cliente, a última coisa que você quer é alguém ouvindo as merdas que você está falando.

Não sei se ele está brincando.

O *pitch* para a campanha do SWOSH! está sendo preparado por Patrick Stubbs. O Patrick tem a minha idade, talvez uns anos a mais. Ele é um cara magrelo com uma cara de nerd que é bem simpática. Vejo de relance no porta-retratos sobre a mesa dele a foto de um homem mais novo, loiro e queixudo.

— Eles gostam da gente na KP&G — diz Patrick. — Se conseguirmos essa campanha, quem sabe o que eles podem trazer para cá também? Acho que, no final das contas, é com vocês dois. — Ele quer dizer Edith e eu, e diz isso com um toque de ironia que sugere "sem pressão, tá, gente?".

— Estamos trabalhando para isso — Edith responde.

— E todo mundo também está — Tristan a interrompe. — Nós precisamos que vocês se dediquem totalmente a isso.

Edith parece magoada pelas palavras dele, a reprimenda foi desnecessária. Nós sabemos que o prazo é apertado e que muita coisa depende desse trabalho.

— Ah, mas a nossa dedicação vai ser total, não é? — Digo para Edith.

— É, acho que sim — ela responde baixinho.

O departamento de criação consiste em uma série de escritórios que dão para uma sala de jogos no meio, como geralmente se encontra em departamentos de criação. Há uma mesa de sinuca (claro), uma de pebolim e uma placa para jogar dardos, além de outras atividades que, ao longo dos anos, os "criativos" de alguma forma conseguiram convencer os "caras de terno" de que eram vitais para o fluxo livre de ideias. Eu adoro jogar sinuca (ainda mais no horário de trabalho, enquanto estou sendo pago para isso), mas a verdade é que nenhuma ideia decente me veio à cabeça enquanto eu estava no meio de uma jogada. Elas geralmente me dão um tapa na nuca quando estou na fila do supermercado, ou pedalando para casa depois do futebol na Westway ou em uma quinta à noite, enquanto esvazio o lava-louça. Nunca quando nem onde você espera que a musa se manifeste — essa parece ser a regra para mim.

— Você joga sinuca? — Tristan pergunta.

Eu não sou trouxa.

— Eu já tive as melhores ideias enquanto jogava sinuca.

— A Edith não tem.

— É claro que tem — emendo. — Ela só não sabe ainda.

Há duas outras equipes de criação. Eu já estive na posição deles, e sei o que eles estão pensando. Mesmo com todos os sorrisos e palavras de boas-vindas, ninguém gosta de uma cara nova chegando à empresa, quanto mais duas. Edith e eu somos o inimigo, rivais em potencial pelas contas mais disputadas.

— Adorei aquela sua campanha do creme vegetal.

O nome dele é Seth, e não posso deixar de pensar que é um elogio misturado com provocação, especialmente quando ele cita o slogan: "Esse passa rápido".

Não foi exatamente a melhor coisa que fiz na vida, apesar de ser melhor que a sugestão do Gordo do Trev à época: "Mal dá para sentir o gosto dos 25% de óleo vegetal que torna essa merda cremosa".

Seth faz dupla com Megan, uma diretora de arte australiana, alta, cabeluda e que fala alto.

— Que ótimo ter vocês com a gente. Qual é o nome do lambedor de pratos?

— Doggo. Mas é temporário.

— De que raça ele é? — Ela certamente já viu as bolas dele.

— Não sei.

— Não dizia no certificado de pedigree dele? — A pergunta vem de Connor, um irlandês de cabelo fino e com a barba por fazer, que é recompensado com um olhar repentino e penetrante de Doggo. — Jesus, ele entende inglês?

— É claro que não — responde Clive, o diretor de arte parceiro de Connor. — Mas ele sabe reconhecer um irlandês que só fala abobrinhas.

A minha primeira impressão de ranking aqui fica assim: Clive no topo, Megan em segundo lugar, Seth em terceiro e Connor na lanterna. Megan quase cai duas posições imediatamente ao perguntar:

— Diz uma coisa: por que é que temos que ter um cachorro no escritório?

— Foi uma condição do Daniel para aceitar o emprego. — Tristan me olha de relance como quem diz "agora é com você". Tudo bem. Ele não sabe. Ninguém sabe.

— Ele era o cachorro da minha namorada.

O uso do tempo passado (além de deixar claro que a minha namorada não está mais em posição de cuidar de tal cachorro) deixa todos imaginando se alguma tragédia terrível aconteceu com ela — talvez câncer, ou um acidente de carro. Ninguém tem coragem de perguntar.

Doggo parece mais que feliz em seu novo escritório. Alguém mobiliou a sala com um sofá comprido de couro só para ele. Ele faz o teste e aprova. A sala dá para o pátio e é grande o bastante para duas mesas separadas pelo sofá de Doggo. É um espaço bem legal. Eu consigo me ver trabalhando feliz e produtivamente ali. Edith começou a montar o espaço dela na outra ponta. Eu me lembro de que esse é um grande passo para ela — da mesa da recepção para outra escondida nas entranhas do prédio. Ela não acha que tem o direito de estar aqui. É provavelmente por causa disso que ela ficou tão quieta até agora; está pensando se o pessoal da criação um dia vai conseguir aceitar uma recepcionista como uma do grupo. A resposta é simples: não antes de ela acabar com eles com um trabalho de qualidade, o que por padrão também vai deixar todos se sentindo ameaçados.

— Não se preocupe com eles — digo quando estamos sozinhos.

Edith dá de ombros.

— Não estou preocupada.

— Bom, então deveria se preocupar. Não existe essa coisa de família feliz, especialmente numa empresa pequena como esta.

Os ombros de Edith afundam e ela para de fingir.

— Ai, meu Deus — ela resmunga. — Este deveria ser o dia mais feliz da minha vida profissional até agora. Minha mãe estava chorando ao telefone hoje cedo: lágrimas de felicidade. Ela até procurou você no Google.

— *Moi*?

— Então, é que eu não sei o que a gente precisa fazer. Como você trabalha? O que você fazia com o Gordo do Trev?

– Jogar bolinhas de papel um no outro, na maior parte do tempo, mas as nossas mesas eram mais próximas. Mas a gente pode tentar com elásticos.

– Você está bem longe.

– Isso é fácil de consertar.

Uma hora depois, já tínhamos rearranjado o escritório totalmente. Agora nossas mesas estavam quase lado a lado, ambas diretamente em frente às janelas que dão para o pátio, e o sofá (e o Doggo) agora tomava o espaço antes ocupado pela mesa de Edith. Essas mudanças podem parecer triviais, mas são nossas. Agora possuímos esse lugar de uma maneira que não possuíamos antes, e registro o momento para a posteridade com uma foto no meu celular.

– E agora? – Ela pergunta.

– Hora do almoço, é claro. Por minha conta.

É um restaurante que conheço na Lexington Street, meio triste a não ser que você consiga pegar uma das quatro mesas de metal no quintalzinho, e que por sorte conseguimos.

Edith me pede para chamá-la de Edie. Ela quer falar sobre trabalho, e eu também, mas não exatamente o que ela está querendo dizer. Quero saber mais sobre a Indology, os louros e os podres, as amizades e as rivalidades, os boatos, as verdades e as meias verdades. E isso é mais que uma curiosidade sinistra de minha parte. Eu sei por experiência que esses detalhes fazem a diferença na hora de escolher o caminho menos difícil dentro de uma nova organização.

Depois de quase um ano na recepção, Edie é um poço de fofoca de corredor. Eu descubro várias coisas (e, não menos importantemente, que ela prefere Chardonnay a Sauvignon Blanc e que depois de algumas taças o fantasma de um rubor bem leve e charmoso colore o pescoço dela, pálido e longo). As revelações importantes são as seguintes: Megan e Seth estavam enfrentando dificuldades com a campanha do SWOSH! quando Edie mencionou pela primeira vez sua ideia dos beijos em preto e branco para Patrick, que chamou a atenção disso para Tristan, que por sua vez falou com Ralph, que achou um ótimo conceito e mandou que ela o desenvolvesse. Ralph acha Patrick um cara legal, esperto e altamente bem-apessoado, mas meio fraco, principalmente na hora de fechar os grandes negócios esperados de um grande gerente de contas. Quanto a Tristan, ele já foi jornalista e meio que tomou a posição de diretor depois de trazer investimento financeiro crucial para a agência (mas o dinheiro não era dele). Ele é casado com uma advogada e eles têm um filho pequeno.

Edie parece ser bastante protetora com relação a ele, o que não é motivo de surpresa se pensarmos que foi Tristan quem deu força para a sua promoção de recepcionista para nova diretora de arte. "Nunca morda a mão que o alimenta", diz um velho provérbio. Eu deveria ser sábio o bastante para me lembrar dessas palavras. Pelo jeito foi Tristan quem sugeriu o meu nome como o redator perfeito para fazer par com Edie.

— Ele acha você muito bom.

Eu sou apenas humano; aceito a lisonja, apesar de não conseguir imaginar Tristan Hague ter qualquer interesse por mim ou pelo meu trabalho. Edie lê minha expressão e acerta.

— Pode perguntar para ele se você não acredita em mim. Agora, podemos falar sobre a campanha? Não podemos voltar para o escritório de mãos vazias.

Não vou. Agora já posso afirmar com segurança que Megan e Seth querem que a gente falhe, que Tristan tem interesse no nosso sucesso, que Patrick precisa que a gente se dê bem e que Ralph é quem decide tudo no final das contas.

Essas são as primeiras impressões, as pinceladas mais rústicas. Com o tempo, tenho certeza de que vou passar a enxergar os tons mais sutis.

CAPÍTULO OITO

Não é legal voltar para um apartamento vazio ao final do dia, mas nos fins de semana é pior.

Mesmo quando eu e Clara estávamos trabalhando bastante, a gente sempre fez questão de que sábados e domingos fossem sacrossantos. Nós também tínhamos uma regra de que uma vez por mês a gente tinha de pegar nosso Peugeot velho (Nosso? Meu. Ainda é meu) e passar a noite em algum lugar. Era sempre uma surpresa para um ou para o outro, e um jogo de adivinhação da pessoa no banco do passageiro até finalmente chegarmos ao estacionamento de um pub ou hotel perdido no meio do nada.

Eu levei a Clara para Ely, nos brejos de Cambridgeshire (ou o que costumava ser brejo antes de eles drenarem tudo para fazer pasto), e para Studland Bay no litoral de Dorset, e para ver *Noite de Reis* em Stratford-upon-Avon. Ela me apresentou aquelas pedras neolíticas em pé do Anel de Avebury nas águas termais de Bath, e me levou para voar de parapente (em um vale raso nas planícies de Surrey). Com menos sucesso, eu também a levei para ver o Porstmouth jogar com o Southampton na quinta rodada da Copa da Inglaterra.

Será que essas lembranças não querem dizer nada? Será que fui completamente iludido? J não é o único amigo meu a falar a verdade sobre a Clara desde que ela foi embora para Deus sabe onde (apesar de que provavelmente nem Ele saiba). Muitos outros deixaram escapar que achavam que ela dava um pouco demais de trabalho, e que não era a mulher certa para mim. Fico pensando até quando vou continuar dizendo para mim mesmo que eles estão errados, que a melhor parte de nós dois só a gente mesmo conhecia.

Polly me mandou uma mensagem no celular ontem, apesar de a gente jurar que não ia se comunicar por algumas semanas:

Por que não estou me sentindo mais culpada? Bj

Porque você não tem moral nenhuma, sua atrevida bj

Rs. Que saudade. Desculpa, eu não deveria dizer isso bj

Eu ficaria lisonjeado se você não estivesse em, hum, Gales bj

Não é tão ruim assim bj

Mentirosa bj

Eu me lembro de cada detalhe delicioso daquela noite. Putz, lá vou eu de novo. Não se preocupe, tenho que ir. Esses moleques mal--educados de classe média estão berrando que querem hambúrguer e a sua queridinha aqui está brincando de churrasqueira bj bj

Relendo a "conversa" mais tarde, percebo que eu e Clara jamais seríamos capazes de fazer algo assim, que tudo o que a gente escrevia ficava empacado na seriedade dela ou na minha. A alquimia com Polly não tem leis, é um animal selvagem perambulando no meio do mato. Fico seriamente tentado a continuar a conversa. Mas, no final, tenho de sair com Doggo para o último cocô dele do dia.

Eu adoro esse bairro. Meu apartamento fica na Chesterton Road, que é uma continuação da Golbourne Road, que fica no final da Portobello Road. Não é exatamente Notting Hill, mas em minha opinião é melhor ainda. Essa área tem um clima de inovação, apesar de as pessoas que moram aqui há muito tempo provavelmente pensarem que é a cara da classe média com tantos yuppies e homens como eu se mudando para cá. De qualquer forma, ainda é uma mistura rica da África do Norte e de Portugal, butiques de estilistas famosos e lojas baratinhas, lojas de ferragens e aquelas especializadas em bicicletas para gente que poderia comprar uma moto pela mesma quantia. Tudo isso é ignorado por um crescente tributo à arquitetura opressora dos anos 1960, a Trellick Tower, que fica de sentinela no lado norte da Golbourne Road.

Esse aqui é o meu território. Já moro aqui há três anos e não posso me imaginar morando em qualquer outro lugar. Eu adoro isso aqui mais do que nunca, mesmo aos sábados, quando o mundo inteiro baixa no mercado e as hordas de visitantes saem da calçada para invadir a rua. Sinto que Doggo está aprendendo a amar esse lugar também, mesmo que seja porque os chefs marroquinos fumando escondido atrás dos restaurantes dão restos de comida para ele quando fazemos nossa peregrinação vespertina até os Athlone Gardens. Esse parque é a latrina do Doggo, onde ele obedientemente faz cocô e eu obedientemente recolho tudo num saquinho.

Nas comédias românticas estadunidenses, ter um cachorro é um jeito garantido de encontrar meninas bonitas por acaso antes de dormir com elas. Você as conhece no Central Park (talvez o cachorro delas tente montar no seu cachorro – um pouco de inversão canina de sexos para a comparação não ficar óbvia demais); vocês se despedem meio sem graça, decidindo manter distância no futuro para evitar uma repetição daquele espetáculo terrível, et cetera, et cetera, até a cena final na igreja, quando, bem na hora em que vocês estão trocando seus votos de casamento, o cachorro dela tenta montar no seu de novo (he-he).

Em Kensington Gardens em uma manhã de domingo, a maioria das mulheres que têm cachorro não tem nem o vigor da minha avó e aquelas que estão em forma, bom, estão em forma. Você teria de ser um atleta medalhista para ter uma chance de trocar algumas palavras com elas – sim, elas correm rápido mesmo –, com seus cachorros esguios de pedigree saltando ao lado delas.

Você jamais poderia descrever Doggo como "esguio". Ele é um vira-lata baixinho, gordinho, comum, honesto e passado de mão em mão. Mesmo assim, ele parece não ter a menor ideia de que é assim. Notei isso no escritório na última semana. Ele se porta como se fizesse parte da realeza, como se todo mundo estivesse de olho nele e como se não pudesse nem sonhar em escorregar por medo de decepcionar suas multidões ardorosas. Kensington Gardens, com as melhores variedades de pessoas e de cachorros, com certeza é o lugar para ele. Aqui ele se sente em casa, à vontade, e tanto que eu fico pensando se ele ainda não sabe. Pensando bem, não sei se ele sabe. Por mais que ele seja seguro e altivo, às vezes ele não sabe o que esperar do ambiente.

Eu o trouxe aqui para esticar as pernas, para ele correr de verdade, livre, pela primeira vez desde que Clara foi embora. Mas ele não está nem aí. Sim, ele corre para enterrar o nariz em uma árvore de vez em quando, mas sempre fica de olho em mim. Fico emocionado com os pequenos olhares de relance dele; eles sugerem uma dependência de mim que eu não tinha sentido até agora (apesar de ser bem possível que ele imagine que está no comando, e está simplesmente checando para ver se não estou me enfiando em algum tipo de confusão).

É um dia de maio glorioso, de sol e brisa, e decido nos dar de presente uma volta no rio Serpentine a bordo de um barco a remo. Doggo pula para dentro do barco sem medo, e se finca na proa, as patas nas bordas, examinando a água como um capitão em seu deque. Ele fica tão surpreso quanto eu com os arrepios nas patas traseiras e os ganidinhos que ele emite toda vez que nos aproximamos dos patos. Não sei se ele gosta de se sentir sujeito aos instintos básicos que comandam outros cachorros.

Ontem eu quase arrumei uma desculpa para escapar do almoço de domingo com a minha irmã. No momento em que ela abre a porta da casa térrea, eu bem que queria ter arrumado uma.

— Ai, meu Deus — ela resmunga. — Um cachorro.

Eu amo a Emma. É claro que amo. Foi ela quem segurou a barra quando nossos pais se separaram, e que teve de assumir o lugar deles quando o assunto era eu. O negócio é que eu não a vejo há cinco anos, não a verdadeira Emma, não a pessoa que quase me sufocaria com um abraço e tiraria sarro do vinho tinto horroroso que eu trouxe. Por alguma razão, tudo na vida dela tinha de ser "correto". Ter o irmão aparecendo com um cachorro era uma irritação inesperada, um detalhe que ela está penando para fatorar na visão preordenada de como as próximas horas vão se desenrolar.

— Não se preocupe, ele quase não faz mais xixi dentro de casa.

— Dan...

— Brincadeira, Ems.

Emma e Duncan têm dois filhos. Milo tem dois anos e é uma bolinha sempre descontente, e dorme no andar de cima, provavelmente drogado com paracetamol. A Alice tem seis anos, está no andar de baixo e tocando o piano na cozinha/sala de jantar. Ela é o real motivo pelo qual eu não arrumei uma desculpa para não vir almoçar.

— Quem está fazendo esse barulho horroroso? Ah, é você.

Ela me vê descendo as escadas.

— Tio Dan! — Ela sai do banquinho do piano, vem correndo e joga os braços ao redor da minha cintura. — O que você *truxe* para mim?

— Trouxe — Emma a corrige.

— E por que você acha que eu *truxe* alguma coisa para você?

— Porque você sempre traz. Você é o meu padrinho. — Os olhos dela se arregalam ao ver Doggo no andar de cima. — Você *truxe* um cachorro para mim?

— Trouxe — Emma repete. — E o cachorro é do Tio Dan.

— O nome dele é Doggo, a não ser que você consiga arranjar um nome melhor.

Alice fica pensando com a carinha séria antes de decidir:

— É um bom nome.

Eu estremeço de repente.

— Ué! — Eu passo a mão pelo bolso de trás da minha calça jeans e tiro de lá um pacote embrulhado, fazendo cara de dúvida. — O que isto está fazendo aqui?

— É para mim, é para mim!

É um colar de prata.

— Esse é o símbolo da paz — explico.

— Paz?

— Porque tem guerra e morte demais no mundo.

— Talvez você devesse mostrar a ela umas fotos de massacres na internet — Emma fala lá do fogão.

— Amei. — Alice sorri. — Coloca em mim.

Duncan está no quintal, abanando a churrasqueira com um pedaço de papelão.

— A porcaria do carvão está úmido. Ficou na garagem o inverno inteiro. Que bom ver você. — Ele deixa a abanação de lado para me cumprimentar.

O Duncan é um cara legal, o tipo de cara que você gostaria de ter ao seu lado nas trincheiras, o tipo de cara para quem você poderia dizer: "Duncan, meu velho, o capitão perguntou se eu poderia fazer um reconhecimento rápido da terra de ninguém, mas estou com uma dor de cabeça horrível". Duncan iria no meu lugar sem pestanejar, voltaria sem um arranhão e provavelmente ganharia uma medalha. Ele é o total oposto de todos os ex de Emma, uma série de namorados inúteis que me ensinaram a falar palavrão, a fumar e a ouvir Bob Dylan quando eu era mais novo.

— Sinto muito por você e Clara — diz ele meio sem graça. — Eu apostaria em cinco para um que vocês iriam se casar. — Duncan sempre gostou de apostar. Ele enxerga a vida através de probabilidades. Mas ele não joga mais; a Emma não deixa, a não ser no trabalho, onde ele negocia títulos para um banco italiano. — Talvez vocês ainda se casem — ele acrescenta.

— Improvável.

E eu estou dizendo a verdade. Passei algumas semanas com dó de mim – confuso, magoado e até vingativo –, mas me recuso a me transformar nesses coitados que fazem questão de não esquecer quem deu o pé na bunda.

– Ela simplesmente foi embora? – Duncan pergunta, com um olhar saudoso. – E você ainda não sabe para onde?

– Não.

Ele volta a abanar a churrasqueira.

– Eu gostava dela.

– Mesmo?

– Claro. Bom, a maior parte do tempo.

– Tenho certeza de que ela ficaria emocionada ao saber que você gostava dela a maior parte do tempo.

Desde que conheci o Duncan, ele dá risada como um ator ruim seguindo o roteiro:

– Hahaha – ele dá uma risada forçada. – Dava para ver que ela nem sempre era fácil. – Era o jeito educado dele de dizer que conviver com ela não deveria ser um piquenique.

Sou o primeiro a chegar, mas não sou o único convidado. Há um casal que já vi outras vezes, Hugo e Lucinda, assim como uma menina escalada para me fazer companhia, Fran, que trabalha como analista de pesquisa no banco de Duncan. Pelo menos é isso que eu acho, porque ela tem a minha idade (ou pelo menos muito próxima) e é solteira. Ela também é carrancuda, seca e sarcástica. É rude com Doggo, desdenhosa de Islington (onde estamos reunidos) e lança um comentário provocador sobre pais que não param nunca de falar sobre os filhos. Realmente é um feito conseguir irritar todos os presentes vinte minutos depois de chegar.

Enquanto Duncan luta para não deixar o pernil de carneiro se tornar uma oferenda queimada, eu me pego olhando para Fran do outro lado da mesa de madeira e pensando o que faz uma pessoa inteligente como ela não ter nada a ver com mais ninguém. É como se ela fosse conscientemente uma suicida social. É claro que isso a torna extremamente intrigante, mas só porque ela também é extremamente atraente. Mas, se não fosse, a esta hora ela estaria sozinha em casa.

Quando ela começa a meter o pau na obsessão da classe média por comida orgânica, isto sai da minha boca de forma totalmente espontânea:

– Se você não fosse bonita, a esta hora estaria sozinha em casa.

– Dan! – Emma me censura.

– E eu não sei? – Fran diz, me lançando um olhar surpreso. – E obrigada. É a primeira coisa sincera que ouvi desde que cheguei aqui.

– Há coisas mais importantes na vida que a honestidade – Hugo vocifera.

Fran o ignora, os olhos ainda fixos em mim.

– Diga mais alguma coisa.

– *Quid pro quo.*

Fran dá mais um pedaço de salame para Doggo.

– Por que a sua namorada fugiu?

– Assim não vale.

– Você não disse que não poderia ser uma pergunta.

– Tá – respondo. – Porque eu não acredito em anjos.

– Por que não?

– Porque não há provas da existência deles.

– Ah, um empirista. Talvez você não tenha enxergado as evidências. Talvez você esteja procurando halos e asas enquanto deveria estar procurando outras coisas. – Ela faz uma pausa breve antes de continuar: – Talvez eu seja um anjo.

Não consigo resistir.

– Mas que ótimo disfarce.

Fran ri mais alto que todo mundo.

Duncan tem uma ótima adega e, enquanto o vinho flui, Emma finalmente começa a relaxar. E Fran também. Ela já chegou marcando território – "Oi, meu nome é Fran e eu sou sua misantropa residente" –, mas é esperta o bastante para saber que insistir nesse ponto seria grosseiro. Ela até conta uma historinha bonitinha sobre um porco-espinho e uma vassoura de jardim que faz todo mundo cair na gargalhada.

Eu recolho os pratos e me vejo sozinho na cozinha com Emma, que está polvilhando sua torta de chocolate caseira com açúcar de confeiteiro.

— Sinto muito pela Fran. Só Deus sabe no que Duncan estava pensando.

— Eu gosto dela.

— Então você deve estar pior do que eu pensava — diz Emma com uma risadinha.

Eu roubo uma framboesa da tigela.

— Não! — Ela berra.

— Ems, é só uma framboesa.

— Eu sabia que deveria ter comprado mais uma caixinha no mercado dos fazendeiros.

Nunca pensei que minha irmã fosse dizer uma coisa dessas.

— É só rezar dois pai-nossos e duas ave-marias — respondo. — Somos católicos não praticantes, então não tem problema fazer brincadeira com esse tipo de coisa.

Quando Emma pergunta sobre o emprego novo, eu digo a verdade: é ótimo trabalhar de novo, produzir, ganhar um salário.

— Então quem eles arranjaram para substituir o Gordo do Trev?

— O nome dela é Edie, apelido de Edith.

Ela me lança um olhar do tipo "já estou entendendo tudo".

— Interessante. Idade?

— Vinte e cinco.

— Bonita?

— Mais ou menos.

— Conte-me mais.

Começo a descrever Edie, e então me lembro de que tenho uma foto dela no meu celular, aquela que tirei logo depois de a gente rearranjar o escritório. Ela está posando no meio da sala, com um sorriso largo, os braços abertos como quem diz "pronto!".

— Mais ou menos? — Emma diz. — Ela é linda. Mas que vaca!

"Ah, então você veio", eu penso. "Finalmente."

Explico que ela tem um namorado, Douglas, e que eles estão juntos há um tempão — bom, desde que se conheceram na Universidade de Cambridge.

— Cambridge? Você contou a ela que tentou estudar lá, mas não entrou?

— Contei, Ems — respondo sem paciência.

— Você contou a ela que eu tentei entrar e consegui?

— Pode parecer estranho, mas o seu nome ainda não apareceu na conversa.

— Não vai durar. Namoro de faculdade nunca dura.

Eu digo a ela que não vai rolar, com Douglas ou sem Douglas.

A ideia de morar e trabalhar com a mesma pessoa me enche de um terror congelante. O dia todo juntos, e à noite também? Febre de confinamento? Alguém?

— Eu estaria subindo pelas paredes em uma semana, procurando uma saída. Eu me conheço.

— Eu também te conheço. Você vai mudar de ideia assim que se apaixonar por ela.

— Eu tinha esquecido: a irmã mais velha sabe tudo. — Pego outra framboesa.

— A irmã mais velha diz "esqueça isso".

Alice me leva para o canto quando resolvo ir embora e me diz para não me esquecer do aniversário dela, que está chegando. Ela também tem uma pergunta para mim, uma pergunta que ela imagina que apenas um padrinho está preparado para responder. Ela quer saber se as torres das igrejas têm aquele formato porque na verdade são foguetes que levam quem morre para o céu. Dou um abraço nela e digo que ela é a afilhada mais inteligente do mundo todo.

Ninguém dá carona na hora de ir embora: Hugo e Lucinda moram na parte norte da cidade, para além de Stoke Newington, então Fran vem andando comigo e Doggo até a Upper Street para pegar um táxi. Nas últimas duas semanas, eu me vi vivendo a vida à margem, quase como se tivesse saído do corpo, flutuando acima de tudo o que acontece. A sinceridade de Fran é quase refrescante; não me dá espaço para flutuar.

– Quando Duncan me convidou para o almoço de domingo, eu quase caí na risada.

– Por quê? – Pergunto.

– O Doggo sabe, não é, Doggo? – Doggo olha para ela.

Fran dá uma risadinha de agradecimento.

– Então, por que você quase caiu na risada?

– Ah, porque o Duncan sabe o pesadelo que eu posso ser.

– Talvez ele tenha um quê de masoquista – sugiro.

– Ou sádico.

– Sádico?

– Ah, fala sério, nós dois sabemos por que eu estava lá.

– Sabemos?

– Por sua causa – ela diz.

Não respondo imediatamente.

– Isso é muito presunçoso. Talvez eu estivesse lá por sua causa.

– Ai, meu Deus – ela resmunga. – Eu sou tão narcisista que nem pensei nessa possibilidade.

Ela mora perto de Earls Court, e faz sentido dividirmos um táxi, pelo menos por parte do caminho. O taxista deixa Doggo e eu em Marble Arch, e Fran não aceita as minhas dez libras pela minha parte da corrida.

– Não seja ridículo. E, se você quer saber, eu faria com certeza.

– Faria o quê?

Ela vira os olhos.

– Use a imaginação.

– Ah, bom, vou levar esse pensamento comigo.

Ela tem um sorriso lindo quando decide usá-lo.

– É melhor assim. Ou eu ferraria com você.

– E por que você faria uma coisa dessas?

– Sei lá. Estou trabalhando nisso com o meu terapeuta.

Não é a última coisa que ela me diz.

– Recentemente eu fiz com alguém a mesma coisa que a sua namorada fez com você. E não ache que ela está passando pelo melhor momento da vida, porque não está.

CAPÍTULO NOVE

A ideia é da Megan e não poderia chegar em um momento pior. Algo me diz que ela sabe disso.

Patrick vai fazer a apresentação para a KP&G na sexta à tarde, o que significa que Edie e eu precisamos decidir o slogan até o final da quarta, porque Josh e Eric precisam de pelo menos um dia para fazer os *mock-ups*. A Espada de Dâmocles paira sobre a nossa cabeça por um fio; a última coisa de que preciso nessa hora é de um concurso no escritório todo para conseguir um nome de verdade para o Doggo.

Quando Megan se recusa a ser detida, percebo que não tinha levado a sério o desejo dela de acabar com a gente.

— Ah, gente, vai ser legal — diz ela, de pé em nosso escritório, com aquela animação irritante dos australianos, criada para nos fazer sentir um bando de velhos. Ainda não sei com certeza se Seth também está envolvido nisso. — Ééé — ela fala arrastado lá da porta, como alguém que sabe que isso vai chegar a algum lugar, embora ninguém saiba exatamente aonde.

Odeio o fato de que Doggo esteja sendo usado contra nós, mas, como alguém escreveu um dia, isso acaba abrindo a pontapés uma porta no palácio de possibilidades.

— Então, beleza — respondo de repente, me colocando de pé também. — Doggo, vamos achar um novo nome para você.

Percebo que Edie está olhando para mim como se eu fosse louco. Doggo, é claro, nem se mexe no sofá.

— Você pode chamá-lo, por favor? — Peço a Megan o mais casualmente possível, e fazendo questão de mostrar que estou fechando o meu laptop.

Ela bate palma.

— Vem, Doggo.

Ele não reage, então ela tenta levantar o cachorro do sofá. É quando acontece.

— Ele me mordeu! — Ela urra, recuando.

— Doggo! Seu malcriado! — Examino a mão de Megan. — Foi só um arranhão. Nem saiu sangue.

— Um arranhão? — Ela lança um olhar do mal para Doggo. — Seu merdinha.

— Talvez agora não seja o momento certo — sugiro, usando só um pouco de falsa cortesia, o suficiente para ela suspeitar que eu sei exatamente o que ela estava planejando. O que ela pode dizer? Ela perdeu essa batalha. Megan chupa a ferida e vai embora, levando Seth com ela.

Eu me largo no sofá ao lado de Doggo e dou um petisco para ele.

— Você não deveria fazer isso — Edie diz.

— Por que não?

— Agora ele vai associar morder a Megan com ganhar uma recompensa.

— Você acha?

Quando mais um petisco desaparece entre os lábios nervosinhos de Doggo, ela finalmente entende.

— Eu não sabia que você era tão malvado.

— Autodefesa, vossa excelência. Ela começou.

Não há regras nesse jogo. Não importa de onde vem, contanto que venha. Infelizmente, este não é o momento.

Edie e eu quebramos a cabeça juntos. Algumas das ideias até que não são ruins, mas nenhuma delas também é boa o bastante. Mesmo Ralph, superconfiante na nossa capacidade, está começando a ter suas dúvidas. Ele convoca um conselho de guerra no escritório dele.

— Eu sei que não ganho nada descendo o chicote em vocês.

— Mas vamos acabar logo com isso — Tristan completa, brincando. Ou mais ou menos.

Todos nós concordamos que as imagens funcionam perfeitamente. Elas são misteriosas, chamam atenção e são discretamente eróticas. O crédito é todo da Edie. Elas não foram compradas em um banco de imagens; ela mesma dirigiu a sessão de fotos. Ela tem um olho para isso, aquele olho que é tão fundamental. Eu não tenho, apesar de ter aprendido a reconhecê-lo nos outros. Edie deu um jeito de deixar algo como enxaguante bucal sexy. O mais importante é que ela associou o produto com o mais universal dos prazeres — o beijo humano. Quem não gosta de um beijo? O.k., talvez freiras não caiam de boca neles, mas as freiras não são nosso público-alvo.

Só falta o slogan. O melhor até agora é "Just say no"[1]. Funciona bem com as imagens sensuais, brincando com a ideia de que forças além do seu controle serão desencadeadas se você lavar a boca com esse negócio, mas Patrick acha que o conceito já foi usado antes, como se estivéssemos nos aproveitando do "Just do it" icônico da Nike. Tristan tem visões ainda mais engessadas sobre o assunto. Ele está convencido de que o slogan tem de incluir o nome do produto. E, como ele é o chefe, é assim que vai ser. Temos quarenta e oito horas para descobrir como.

Minha posição de sempre em momentos de pressão é trazer um otimismo calmo para a situação, enquanto Edie prefere atacar o estresse de frente, lutando com ele no chão com um grito selvagem. Eu sei que isso funciona para certas pessoas, assim como entendo que minha atitude relaxada pode ser enfurecedora para quem não é assim.

— Pelo amor de Deus, Dan.

1 "Diga não." (N.E.)

– O quê?

– Você acha que dá para parar de jogar sudoku na sua merda de iPhone?

– Sshhh.

Estou jogando ao vivo contra alguém que gosta de se chamar Madame Butterfly, e decidi na minha cabeça que, se eu conseguir ganhar dela (apesar de ser bem capaz de a madame ser um mecânico búlgaro cabeludo, do jeito que o mundo anda), então tudo vai dar certo para Edie e eu – vamos conseguir bolar um slogan brilhante e levar a conta. Provavelmente há melhores maneiras de garantir o sucesso, mas esse é o teste que inventei e que preciso ver se dá certo.

Madame Butterfly acaba comigo.

– Merda.

– O que foi?

– Ela ganhou de mim.

– Quem?

– Madame Butterfly.

Edie faz que não com a cabeça.

– Estou começando a entender por que o Gordo do Trev ficou maluco.

Ainda está no começo, e ainda estamos nos conhecendo, mas já sei que gosto muito da Edie. Ela é esperta, engraçada, ambiciosa e trabalhadora. E isso não é tudo. Ela passa uma coisa bem mais difícil de definir. Tem a ver com a maneira como ela preenche o espaço que ocupa. Há certa elegância nela, uma graça despretensiosa, uma dignidade silenciosa. Dividir um escritório com ela é como se sentar ao pé de uma grande árvore (enquanto dividir um escritório com o Gordo do Trev era como ficar de pé no bate-cabeça de um show de trash metal). Ela com certeza alegra o meu dia. Eu não vejo a hora de vê-la toda manhã, e sinto uma pontada de vazio no momento em que nos despedimos na Oxford Circus ao final de cada dia, ela para a Victoria Line sul, em direção a Pimlico, Doggo e eu para o ônibus número 23 de volta a Ladbroke Grove.

Madame Butterfly quer jogar de novo, mas desligo o celular e me viro para Edie:

— Vamos sair daqui. Precisamos mudar de ares.

Fico surpreso ao não ver mais gente fazendo isso. Afinal, para que enfrentar filas por horas e horas e gastar uma grana para ver as últimas exposições da Royal Academy ou do Tate Modern se parte da melhor arte do mundo pode ser admirada de graça nas grandes casas de leilão? Qualquer que seja o seu gosto, Christie's, Sotheby's e Bonhams contam com uma rodada infinita de vendas para satisfazê--lo, tudo do Egito Antigo à China contemporânea. Meu favorito é a arte europeia pós-guerra (apesar de o departamento de Desenhos dos Grandes Mestres também despertar meu interesse).

As grandes vendas, aquelas que chegam às manchetes dos jornais, são impressionistas e modernas, porque são nelas que mais se gasta. No ano passado em Nova York, a Sotheby's vendeu um pastel de Edvard Munch de *O grito* por nada menos que 74 milhões de libras. Eu pensei seriamente em pegar um avião nos dias antes do leilão. O quadro tinha ficado em mãos particulares mais ou menos desde que foi pintado, e com certeza desapareceria mais uma vez em outra coleção particular (e foi isso mesmo que aconteceu). Pelo mais breve momento, no entanto, estava disponível para todo mundo ver; você simplesmente chegava da rua e ficava de pé em frente a ele. Agora o quadro já era, não para sempre, espero, mas eu ficaria surpreso se ele emergisse novamente antes da minha morte. Da última vez, a pintura tinha ficado longe dos olhos dos curiosos por mais de cem anos.

Este é o negócio com os leilões: você entra em contato com beleza de todos os tipos, mas os encontros são passageiros, transitórios e jamais repetidos — como olhar de relance para uma mulher linda que passa pela rua.

Não falo nada disso para Edie e entramos na Christie's na King Street. Um homem de uniforme preto vem falar com a gente.

— Sinto muito, senhor, somente cães-guia.

– Ele é um cão de companhia para saúde mental. – Esta é uma frase que já tive de usar algumas vezes em ônibus, a voz uma leve variação da minha voz de *geek* de computadores ou colecionador de trens.

– Um cão de companhia para saúde mental? – Ele olha de relance para Edie, que lança para ele um olhar doce e levemente preocupado. – Hum, acho que tudo bem, então – ele diz. – Podem passar.

É um grande leilão, provavelmente o mais impressionante que já vi. Sei o que esperar porque já vi o catálogo on-line. Entre os quarenta lotes ou mais há três Renoirs, cinco Picassos, dois Matisses, um Van Gogh e algumas esculturas de bronze de Giacometti. Algumas das obras estrelas do leilão são estranhamente decepcionantes (não dá para saber direito no catálogo on-line). Por outro lado, há uma paisagem de Bonnard que parecia sem graça no meu laptop, mas que ao vivo brilha com o calor de uma tarde mediterrânea. Você quase consegue ouvir o canto das cigarras.

Sempre sinto um toque de tristeza ao ver uma pintura de Van Gogh de perto. E não só por causa da genialidade louca do homem, ou da morte tão prematura e infligida por ele mesmo; é saber que ele foi para a sepultura sem nem ter noção do impacto extraordinário que teria no mundo da arte. Apenas um punhado dos contemporâneos dele conseguia entender que ele era um visionário, um profeta.

O quadro à venda é uma pequena pintura a óleo sobre tela feita no asilo francês perto de Arles onde ele foi parar. Um banquete espiral de azuis, violetas e laranjas, ele deve ser vendido por entre dez e doze milhões de libras. É uma soma absurda quando se considera que ele mal ganhou o suficiente para comer durante a vida.

Edie, que começo a perceber que tem uma reação contrária, discorda de mim, apesar de haver um toque brincalhão no contra-argumento que ela oferece: depois que a gente morre, não passamos de uma pilha de ossos e uma reputação. Talvez Van Gogh compreendesse isso; talvez ele soubesse que era melhor morrer no auge da genialidade do que como um cara que tinha conseguido conquistar a depressão e então produzido um trabalho de qualidade inferior pelos próximos quarenta anos.

— É como a Steffi Graf?

— Steffi Graf?

— Ela era tenista.

— Eu sei quem ela é.

— A Steffi também entendia isso. Ela saiu quando estava no auge: "Eu sou a melhor, obrigada e adeus!".

— Talvez o conhecimento profundo dela sobre a arte de Van Gogh tenha contribuído para essa decisão.

— Se é só isso que você tem a dizer, então eu ganhei a discussão.

— Que discussão? Van Gogh não se matou para garantir sua reputação para sempre.

— Ah, mas você não sabe. Ele pode ter feito isso.

Está na cara que Edie sabe muito sobre arte, mas fica satisfeita ao não ir fundo demais. Quando eu insisto um pouco, finalmente ela me conta que foi criada em um lar cultural e cheio de livros, a filha única de um pai compositor que se tornou jornalista e uma mãe que era ceramista e se tornou arqueóloga. Os dois estavam sempre arrastando a menina para exibições e concertos quando ela era mais nova. Com J foi a mesma coisa: ele foi exposto à cultura de todos os tipos desde cedo e absorveu tudo por osmose. Eu tenho uma inveja secreta dessas pessoas. Eu e Emma nunca fizemos nada do tipo quando éramos pequenos.

— Meu pai é um acadêmico de esquerda das antigas. Para ele, música e arte eram frescuras burguesas. Talvez menos agora.

— E a sua mãe? — Edie pergunta.

— Meu pai não é um cara que deve ser enfrentado, não se você sabe o que é bom para você.

Eu não tinha planejado isso, ficar reclamando da minha infância, e eu não sei ao certo como isso aconteceu. A ideia era ficar só com a gente admirando boa arte, porque a grande arte coloca as tentativas criativas mais tristes na perspectiva certa; ela traz distância e clareza. E às vezes até oferece soluções para os problemas.

Mas não hoje. Bom, não imediatamente. Não até nossa caminhada de volta ao longo da Picadilly, quando sugiro a Edie que talvez tenhamos de ir de "Just say no" como slogan.

— Não gosto mais dele — declara ela energeticamente. — Parece demais com um aviso de saúde pública.

Eu conheço a sensação, é sempre a mesma — um arrepio passando pelos meus ombros.

— É isso!

— O quê?

— Menina esperta.

— O quê? — Edie procura saber. — O que foi que eu disse?

Os *mock-ups* ficaram ótimos. Nós queríamos mais tensão entre a imagem e o slogan e conseguimos. Uma faixa branca entra com um corte malfeito na parte de baixo da foto do beijo, e diz em letras pretas em negrito: "AVISO: SWOSH! PODE AFETAR SERIAMENTE A SUA VIDA SOCIAL".

Ralph está nas nuvens, e não é só porque conseguimos enfiar o nome do produto no slogan. Ele acha a mensagem provocativa, atraente e que esse golpe de bom humor na nossa sociedade obcecada em saúde e segurança vai fazer sucesso. Além disso, é um slogan que permite uma série de variações. Mostramos algumas a ele. A de que ele mais gosta diz "FUMAR MATA. SWOSH! NÃO". Não é para agora, é para mais tarde, à medida que a campanha evolui. Os clientes adoram um conceito com continuidade; eles acham que estão levando mais pela mesma grana.

Ralph se recosta na cadeira.

— Adorei. Eu mesmo faria a apresentação se eu não soubesse que Patrick fosse arrebentar. — E se isso não foi um aviso para o Patrick, então não sei mais o que é.

Quando voltamos para o nosso escritório, Edie parece meio em choque.

— Tristan ficou meio quieto.

— Mas o que ele poderia dizer?

— Ele sempre tem algo a dizer.

— Talvez ele odeie a ideia — sugiro.

— Você acha? — Ela olha de relance para mim do sofá, onde faz carinho distraidamente no Doggo.

— Ele é pragmático; provavelmente só está reunindo forças.

— Mas o que isso quer dizer?

Quer dizer por que será que estamos falando sobre Tristan quando acabamos de receber o tipo de aval que nem podíamos sonhar em ganhar do cara mais importante?

— Não se preocupe com o Tristan. Agora é hora de se preocupar com a apresentação do Patrick na sexta. Não tem medalha para o segundo lugar.

É uma grande conta e somos uma agência pequena. O falatório logo começa. Clive e Connor são os primeiros a dar uma passada na nossa sala. Eles parecem realmente impressionados com o trabalho e felizes por nós. Megan e Seth são quase tão convincentes quanto eles.

— Ótimo slogan, seu filho da mãe — Megan brinca.

— Na verdade, foi ideia da Edie.

— Na verdade, não — Edie diz.

Megan mostra os dentes.

— Vocês dois têm de resolver isso.

Minha única preocupação é que o conceito possa ser um pouco arriscado. Não digo isso à Edie. Digo a ela que, mesmo que não role, ela já deixou sua marca com Ralph, o que é tão importante quanto a conta.

— De qualquer forma, seria demais se você encontrasse um cliente para seu primeiro trabalho. Para mim só funcionou da quinta vez, e no final foi um anúncio de revista para aparelhos auditivos: "Está ficando surdo? Então, escute aqui".

Ela ri, e então diz com sentimento:

– Obrigada pelo que você disse antes. Você sabe que não mereço crédito nenhum pelo slogan.

– Foi você que disse: aviso de saúde pública.

– Eu disse, mas não enxerguei. Você enxergou.

– Mas só porque você disse aquelas palavras. Olha, o que é meu é seu... nosso. Isso é trabalho de equipe.

Ela não responde imediatamente.

– Sabe, Dan, você é um cara legal.

Fico sensibilizado com o nível de sentimento na voz dela.

– Diga isso à Clara.

É uma fala terrível, pingando de autopiedade, e o momento não poderia ser pior, porque quando Edie pergunta "quem é Polly?" eu faço a besteira de achar que a pergunta de alguma maneira faz parte da mesma conversa.

– É a irmã da Clara. Por quê?

Percebo tarde demais que estou usando o carregador na mesa da Edie para o meu iPhone, e uma mensagem acabou de aparecer diante dela.

– Porque ela precisa mesmo sentir você dentro dela de novo.

Congelo e me desespero, procurando algo para dizer.

– Como você disse: eu sou um cara legal.

Ainda estamos rindo quando Tristan aparece de repente na nossa sala.

– Posso saber também?

– Definitivamente, não – respondo.

– Agora fiquei curioso.

Posso ver Edie hesitar sob o olhar de víbora de Tristan.

– Não se atreva – aviso.

Ela dá de ombros para Tristan, como quem se desculpa.

– Então, crianças – diz ele com um sorriso tenso. – Só queria dar os parabéns. O que quer que aconteça na sexta, estamos orgulhosos de vocês.

CAPÍTULO DEZ

Oi, Polly. Acho que você deveria saber que uma colega minha viu a sua mensagem bj

Oops! Já ouviu falar de senha de proteção? Bj

Tá, a culpa é minha, admito bj

Não vou fazer isso de novo e foi uma piada. Queria saber a sua reação bj

Piada engraçada. Me dê 5 minutos para me recuperar bj

Você só precisou de 2 da última vez bj

Para com isso

Não tem beijo?

Bj

Assim é melhor. O que você vai fazer nesse finde? Bj

Visitar meu avô em Sussex bj

Sussexy! Se mudar de ideia, eu conheço um hotel em Aberystwyth bj bj

É piada de novo ou só educação? Bj bj

Nenhum dos dois. Menti. Preciso mesmo sentir você dentro de mim de novo bj bj

Não vai rolar bj bj

Então vou contar para a Clara bj bj

Ela vai te tirar da lista de cartões de Natal dela se você contar bj bj

Como é bom dar risada! Não tem muita coisa acontecendo aqui bj bj

E assim continua, o que, por mim, tudo bem, porque é melhor do que ficar jogado no sofá ao lado do Doggo assistindo a uma comédia romântica da Jennifer Aniston. Eu finalmente pergunto à Polly se posso ligar para ela. É ótimo ouvir a voz dela. Digo que estou surpreso por Clara não ter reaparecido até agora. Estou preocupado que alguma coisa ruim possa ter acontecido com ela.

— Mas não precisa. Se preocupar, quero dizer. — Clara ligou para casa e falou com os pais. Parece que nós dois estávamos errados sobre Bali: ela está na Nova Zelândia. — Você não pode dizer para eles que te contei.

A Nova Zelândia me faz lembrar uma coisa perturbadora. Clara teve um trabalho em março como stylist de um vídeo para um diretor neozelandês jovem e bonitão que apareceu com um monte de trabalhos bons. Será que esse era o motivo real por trás de tudo isso? Ela disse que não gostava do cara, mas, ao pensar nisso de novo, ela não gostava dele um pouco demais. "Ele é tão cheio de opinião... tão seguro de si mesmo... tão obcecado em detalhes..." Em suma, tudo de que ela gosta em um homem, todas as coisas de que ela gostava em mim.

Eu sou um idiota. Eu deveria ter lido os sinais. Sinto enjoo de repente. Quem é que voa para o outro lado do mundo na esperança de que um frisson vire algo mais? Não a Clara, com certeza; ela é prática demais para jogar alto assim. Não, ela foi sabendo o que a esperava, do que posso concluir — com mais uma deixa para outro ataque de náusea — que ela estava tendo um caso com o cara bem debaixo do meu nariz. (Qual era o nome dele mesmo? Wayne? Vou checar mais tarde.)

Preciso saber da verdade. Não me importo com o que preciso fazer. Estou tão cego para as consequências quanto estava para as pistas. No segundo em que termino a conversa com Polly, ligo para Fiona, a melhor amiga de Clara. Nós sempre nos demos bem, apesar de ela cair naquela categoria de "amigas" que vão desaparecer lentamente da minha vida agora que Clara não faz mais parte dela. Falei com ela algumas vezes nas últimas semanas, conversas educadas. Algo me diz que esta conversa não será assim.

Depois de algumas amenidades, digo à Fiona que estou pensando em ligar para a polícia.

— A polícia? — Há um alarme bem distinto na voz dela. — Tenho certeza de que não é necessário.

— Você acha? Porque, até onde eu sei, ela foi para a Nova Zelândia dar para um diretor e ele pode ter batido nela até a morte e enterrado o corpo em uma montanha.

O silêncio paira entre nós como um cobertor molhado.

— Obrigada pela imagem, Dan.

— Vá se ferrar, Fiona. Estou ficando louco aqui.

— Ela me fez prometer não contar para você.

— Então ela que se ferre também.

Infantilmente, eu bato o telefone na cara dela antes que ela possa responder. A mensagem dela chega ao meu celular minutos depois:

Ela fez o que precisava fazer. Talvez você devesse se perguntar o que era.

Jennifer Aniston derrama algumas lágrimas na TV enquanto digito sem pensar no celular:

O negócio é o seguinte: Eu aceito a sua merda hipócrita se você me contar se o Will sabe sobre o Otto.

Will é o namorado dela, e Otto é um arquiteto no escritório onde ela trabalha. Quero que ela saiba que sei tudo sobre o casinho dela; quero que ela saiba que Clara está muito longe de ser a amiga discreta e legal que Fiona acha que ela é. Com certeza vai haver consequências nesse relacionamento. Traído e jogado para escanteio, eu nem me importo mais. Elas que se fodam. Aqui está, para vocês duas, um gostinho de traição, de dor, e sintam tudo isso porque, sinceramente, minhas queridas, eu não estou nem aí.

Eu sei que vou me odiar por isso mais tarde, mas neste momento isso me faz me sentir muito melhor sobre a minha transa com a Polly.

E tão melhor, na verdade, que estou pensando seriamente em ligar para ela e pedir o endereço daquele hotel em Aberystwyth.

— Ei, Doggo, quer passar o fim de semana em Gales?

Ele nem olha para mim; ele está concentrado demais na Jennifer, que agora está linda e macambúzia enquanto passa as costas das mãos pelos olhos para secar as lágrimas.

Não ligo para a Polly. Não posso deixar o meu avô na mão, apesar de ele nem saber que estou indo visitá-lo, e mesmo que, como aconteceu da última vez, ele se esforce para me reconhecer no panteão impreciso de família e amigos que aparecem no asilo de vez em quando. Acontece que amo meu avô, sempre amei, e o cérebro dele está indo embora depressa. Eu jamais me perdoarei se, na próxima vez que resolver visitá-lo, eu descobrir que o cérebro dele já era de vez.

O filme acaba, os créditos rolam pela tela, e Doggo faz algo que nunca tinha feito antes: ele late. Certa vez ouvi ele dar um ganido meio estrangulado quando pisei na pata dele por acidente na cozinha, mas isso é um latido de verdade, surpreendentemente grave e ressonante dado o tamanho dele — como um menino de rostinho corado que canta no coral abrindo a boca e mandando um "Ol' Man River" em *basso profondo*.

— Doggo, shhh.

Mas ele não para, mesmo quando encontro outro filme para entretê-lo. Será que ele se apaixonou pela Jennifer Aniston tanto assim? É um pensamento idiota, mas, enquanto o latido continua, acho que pode valer a pena. Coloco no Film4+1, que tem a mesma programação passando uma hora depois do canal original. No momento em que voltamos para o meio do filme, Doggo fica quieto e se acalma, seus grandes olhos saltados grudados na tela, na Jennifer, que agora está correndo sobre a calçada, berrando com alguém ao celular.

Dou risada e tento aproximar a mão das costas de Doggo. Ele está distraído demais para protestar.

— Boa escolha, seu diabinho tarado.

CAPÍTULO ONZE

Ralph está em êxtase quando a equipe volta ao escritório ao final da tarde de sexta. Parece que Patrick se superou ao vender o conceito para os chefões da KP&G. Tristan também estava na apresentação e acha que foi tudo bem.

– Comparado a quê? – Ralph pergunta, o que soa como um golpe na falta de experiência de Tristan.

Não vamos receber uma resposta até a semana que vem, mas Ralph insiste que nós cinco – seis, excluindo Doggo – montemos acampamento no bar do terraço do Sanderson Hotel. Ele faz questão de dizer que não estamos comemorando o sucesso, mas um trabalho bem-feito.

– Ninguém pode dizer que não fizemos o melhor. É importante celebrar os pequenos triunfos também.

Eu entendo a maneira dele de pensar; também penso assim. Edie e Tristan parecem menos convencidos. Eles prefeririam saber que conseguimos a conta antes de fazer um brinde. Patrick simplesmente está feliz em se banhar nos elogios (e, suspeito, em saber que o emprego dele está a salvo pelo menos no futuro próximo).

Tomamos duas garrafas de champanhe enquanto Doggo se delicia com a tigela de água docemente oferecida por nossa garçonete atenciosa. Eu me sinto melhor do que conseguia me sentir há muito tempo, cercado pelos meus novos colegas, minha nova vida, pelo clima contente. Até roubo um cigarro da Edie.

– Fumar mata. SWOSH!, não – Ralph brinca. Como sempre, todos nós rimos como o esperado.

Edie é a primeira a ir embora, seguida de perto por Tristan. Quando Patrick nos deseja um bom fim de semana e sai de fininho, Ralph pede a conta.

– Feliz na Indology? – Ele me pergunta.

– Muito.

– Tenho a sensação de que isso é o começo de algo especial; você e a Edie, eu quero dizer.

– Eu também.

– Você não tem de concordar comigo só porque eu sou o chefe.

– Tenho, sim.

Ele ri.

– Diga o que você acha de verdade.

– Se eu fizesse isso, você teria de me demitir.

Está acontecendo de novo, estou roubando as falas do Gordo do Trev. Mas não importa; Trev não está por perto para berrar "ladrão!", e esse tipo de conversa vai bem com Ralph. Estou começando a gostar mesmo do cara, não pelo entusiasmo quase insuportável dele, mas pelas pequenas coisas, como sugerir o bar no terraço do Sanderson para que o Doggo pudesse vir também em vez de ficar trancado no escritório; ou insistir em nos levar para casa de carro no Bentley mais tarde, apesar de sair bastante do caminho dele.

Tento fazer com que Doggo sente aos meus pés, mas ele não está nem aí. Ele me escala e vai para o banco de trás – afinal, para ele é só mais outro sofá de couro onde ele pode se esticar.

– Ele é um carinha engraçado – Ralph observa. – Onde você o arrumou?

Conto o que sei, o que é quase nada. Também conto para ele sobre Clara e seu sumiço, apesar de não mencionar a Nova Zelândia nem Wayne Kelsey. (Já procurei o cara e, pelas fotos com aquele queixo gigante poluindo a web, Wayne Kelsey bem que podia se escalar como ator principal no filme que ele está tentando lançar, "um thriller psicológico no estilo de *Rebecca, a Mulher Inesquecível,* de Alfred Hitchcock". Na verdade, não que você provavelmente já tenha lido o livro, seu Kiwi ridículo, mas *Rebecca* foi escrito por Daphne du Maurier.)

Ralph resume minhas circunstâncias a uma palavra — "Saco" — antes de oferecer alguns conselhos, um truquezinho que ele aprendeu quando sua primeira esposa o deixou por um jovem holandês.

— É muito simples. Há três coisas que você tem de dizer a si mesmo, sem parar, como um mantra: ela teve a chance dela e pisou na bola... Eu não sou uma porcaria de instituição de caridade... Ela vai ter de penar para aprender. — Ele dá uns tapinhas no volante do carro, como se não aguentasse a própria piada.

Estamos quase chegando ao meu apartamento quando Ralph anuncia do nada:

— Não aguente merda nenhuma do Tristan. Se ele começar a te pressionar, venha falar comigo.

— Valeu, eu vou.

— Ele é um cara esperto, mas não tanto quanto ele acha. Ele nem sempre sabe quando deve ficar de boca fechada. Como esta tarde, ele tentou meter o bedelho em tudo, tomar conta da situação. Ainda bem que o Patrick não perdeu o ritmo.

Ah, então isso explica a pontada cruel que Tristan tinha recebido mais cedo.

Mais tarde, deitado na banheira, finalmente percebo que Ralph me deu uma carona para me "recrutar". Um pouco de tensão nos cargos mais altos pode ser saudável para uma organização, mas resolvo continuar de cabeça baixa e ficar de fora do que deve estar se passando entre os dois machos alfa. É uma das muitas lições valiosas da história: a infantaria tende a ser vítima de qualquer conflito, mas não os generais.

Tudo bem que agentes imobiliários nem sempre são conhecidos por sua sinceridade, mas você precisaria estar empoleirado lá no alto de uma dessas chaminés horrorosas de tijolo para que a vista para o mar prometida pelo Asilo Seaview fizesse jus ao seu nome.

Talvez um dia essa vista para o mar já tenha existido, quando a primeira pilastra eduardiana foi colocada ali por algum comerciante ao norte de Seaford. Mas não mais. A cidade se espalhou, se derramando sobre os morros como uma mancha feia, e agora a casa fica cercada por todos os lados por outras propriedades, reduzindo a vista a um pedaço de céu.

Você tem de assinar o livro de visitantes ao chegar e ao sair, e ao lado dele no hall de entrada há um cavalete com as frases do dia. A de hoje diz:

DINHEIRO NÃO É TUDO, MAS COM CERTEZA AJUDA OS FILHOS A MANTER CONTATO.

Um velhinho, dobrado pela idade, passa quase flutuando ali por perto.

– Eles mentem, sabe? Eles todos mentem.

– Como é?

– A hora em que chegam e a hora em que vão embora. – Ele me mostra uma dentadura perfeita. – Eles nunca ficam tanto tempo quanto anotam no livro.

Olho de relance para o meu relógio e anoto o horário no livro: 11h32. Ele checa o relógio dele, checa o livro e parece satisfeito, pelo menos por agora.

– Vamos ver – ele resmunga sem acreditar em mim.

Esse lugar é cheio de carpetes estampados, corrimões, rampas de acesso e enfermeiros do Leste Europeu que ganham salário mínimo. E tem aquele aroma distinto de que alguém em algum lugar está ganhando dinheiro rápido. É difícil matar um cacto por negligência – eles são filhos da mãe resistentes –, mas aquele no beiral da janela do corredor que leva ao quarto do meu avô no térreo está definitivamente quase batendo as botas.

O quarto dele fede a urina velha, o que é perturbador e inaceitável. Mesmo se ele tiver um contratempo, 40 mil libras por ano (ou seriam 50 mil?) deveriam ser suficientes para uma limpeza pesada. Vamos falar a verdade: tudo o que eles têm de fazer para ganhar esse dinheiro é lhe dar uma comida horrorosa três vezes por dia, limpar sua bunda de vez em quando e dar banho nele duas vezes por semana. O restante do tempo ele passa na poltrona, cochilando ou olhando fixamente para o papel de parede listrado de branco e azul (parabéns aos decoradores pelo tema "barras de jaula").

Há muitas doenças horrorosas, mas Alzheimer está entre as piores. Ela é chamada de "a longa despedida", e posso ver o porquê. Nos últimos anos tenho visto a mente do meu avô se perder aos poucos. O fluxo contínuo de piadinhas pelo qual ele era conhecido quase secou por completo, e só se você tiver muita sorte poderá ter um vislumbre do ótimo senso de humor dele. Eu tive essa sorte na minha última visita, quando uma enfermeira bonitinha enfiou a cabeça no quarto dele para saber se estava tudo bem.

— Ah, Magda. Ela não consegue ficar longe. Inventa qualquer desculpa para vir aqui. Ela diz que quer o meu corpo, mas eu sei que é o meu dinheiro.

— Muito engraçado, sr. Larssen.

— Já falei para ela que sou casado, mas você acha que ela escuta?

Esses flashes momentâneos do homem que ele costumava ser estão se tornando cada vez mais raros. Logo eles cessarão de vez. Ele ficará reduzido a uma casca, uma série de funções corporais e não muito mais que isso.

Ele parece tão em paz na poltrona, a cabeça para trás, os olhos fechados, que decido deixá-lo dormir. Eu me empoleiro na cama dele e o observo. Mesmo aos 82 anos, ele não parece frágil nem encolhido. Ele é um bloco sólido, alto, largo, impressionante. A cicatriz recortada na mão esquerda dele parece estranhamente lívida hoje. Eu sei da história por trás dela, mesmo que ele não consiga mais se lembrar. É um suvenir de um bombardeio alemão em Coventry na noite de 14 de novembro de 1940. Ele tinha sete anos na época, o filho mais velho da primeira geração de imigrantes dinamarqueses. Ele perdeu o melhor amigo na explosão que reduziu a pó a casa do vizinho e também fez desabar boa parte da casa dele na cabeça de todo mundo (e na mão dele).

Quando eu era criança, ouvi horrorizado as histórias daquela noite, e as coisas terríveis que ele tinha testemunhado. Agora essas histórias são minhas; não são mais dele para contar. Talvez eu as passe para os meus próprios filhos, mas, quanto tempo elas sobreviverão antes de desbotarem até virar nada, ninguém sabe.

Ele abre os olhos e dá um sorriso fraco.

– Ah, é você.

– Oi, vô. Tudo bem?

Ele se mexe, estica as pernas.

– Uma coisa muito estranha me aconteceu outro dia.

– Ah, é?

– Um vulcão pequeno apareceu bem aqui... – Ele pousa a mão delicadamente sobre o joelho esquerdo. – Ele deu duas lufadas de fumaça, puf, puf, e então desapareceu.

Estou me esforçando para não dar risada.

– Uau.

Ele faz cara feia para mim.

– Que incrível, Annie, você está a cara do Daniel hoje.

Annie é a minha mãe, a filha dele.

– Sou eu, vô, o Daniel.

– Tudo bem com ele?

– Vô, sou eu, o Daniel. Tudo bem.

– Você tem notícias dele?

Eu desisto e vou junto.

– Sim, ele começou num trabalho novo.

– Um trabalho novo. Que bom. Ele é um bom menino. Ele já casou com aquela moça?

— A Clara?

— Aquela com cabelo comprido. Aquela de que você não gosta.

Dessa eu não sabia.

— Não, ainda não — respondo.

— E o livro dele? Ele terminou?

Terminou? Nem comecei.

— Está quase lá — minto.

— Mal posso esperar para ler. Eu adoro um bom livro, e eu sei que vai ser um bom livro.

Está fazendo um belo dia, então sugiro um passeio de carro — até Alfriston, talvez, ou a Birling Gap, lugares aos quais ele me levou tantas vezes quando eu era criança. Pelo jeito, os nomes não significam mais nada para ele.

— Birling Gap? Eu acho que não, Annie. Hoje, não. Estou muito cansado.

Ele fecha os olhos e cai no sono de novo. Fico pensando se eles estão dando alguma coisa para ele. O pensamento é suficiente para me fazer levantar e andar até o final do corredor, onde a enfermeira-chefe (que claramente não gosta do meu tom) me garante que ele não está totalmente drogado; acontece que ele não está dormindo bem à noite e assim vive cochilando durante o dia para compensar. Eu tinha planejado pegar o meu avô e sair do asilo rapidinho, e então deixei Doggo no carro. Vou buscá-lo. Ele está sentado no banco de trás, magoado por ter sido abandonado. Eu conheço esse olhar — de relance, de lado e com os olhos entreabertos —, e aprendi que imitá-lo é a melhor maneira para ele esquecer que estava bravo. Ainda demora um bom minuto para ele finalmente aceitar e me seguir lá para dentro do asilo.

Doggo parece encantado pela visão do meu avô tirando uma soneca na poltrona. Ele estica as orelhas, se vira para olhar para mim e então faz algo totalmente inesperado: pula no colo do meu avô.

Ele se mexe na poltrona.

— Oi! Como você se chama?

— Doggo — respondo.

— Doggo, hein? Meu Deus, como você é feio. É sim... É sim... — Doggo parece não se importar enquanto ele coça as suas orelhas e o focinho.

Meu avô olha para mim de repente.

— Você não contou para ele, né?

— Para quem? O Doggo?

— Não seja ridícula. Para o Daniel, claro.

— Contei o quê?

Os olhos dele se estreitam, desconfiados.

— Você contou, não foi?

Ele parece tão nervoso que me vejo dizendo:

— Não, não, é claro que não contei.

— Graças a Deus — ele diz, relaxando. — Um pai já é o suficiente para qualquer homem.

Não espero conseguir falar com ela e, porque estou ligando para a Espanha do meu celular, não fico exatamente triste quando cai na caixa postal.

— Mãe, é o Daniel. Me liga quando você puder.

Tirei a coleira do Doggo e agora ele está ziguezagueando ao meu lado, feliz como nunca, cheirando Deus lá sabe o que na grama alta que acompanha o caminho ao lado do rio.

Acho que este deve ser o meu lugar favorito no planeta: Cuckmere Haven, onde o rio Cuckmere encontra o Canal da Mancha. É um carinho acumulado por todos os tipos de lembrança da infância. Nós costumávamos vir aqui, cair no rio e ser levados até o mar pelas águas, onde bancos de areia enrugados apareciam como em um passe de mágica sob os nossos pés, permitindo que a gente ficasse de pé e olhasse para trás para ver a costa cheia de pedrinhas e os ofuscantes penhascos de giz branco, flanqueando o vale do rio.

A geografia é a mesma, mas a paisagem mudou um pouco. Agora os caminhos são de cascalho compactado para as cadeiras de rodas (nada contra isso), há latas de lixo a cada cem metros (mas na época a gente sabia que deveria levar o lixo de volta para o carro) e o lugar está cheio de placas. Há placas apontando para o lago em forma de ferradura onde o rio sinuoso faz uma curva ao final de sua jornada, outras indicando a distância exata até Seaford ou Eastbourne a pé ao longo da costa, e mais outras listando a flora e a fauna locais. O pior de tudo é que há placas vermelhas ao lado do rio que dizem: PERIGO! PROBIDO NADAR. Tem até uma parte em letras bem pequenininhas registrando a lei local que você vai infringir caso se atreva a ignorar o aviso.

A gente se sentia um bando de covardes se não se aventurasse no Cuckmere e enfrentasse o encontro entre água doce e água salgada. Hoje em dia, há leis proibindo isso. Será que o mundo mudou tanto no meu espaço tão curto de vida? Com certeza, e chegar a essa conclusão me deixa triste.

A leste da praia estão as Sete Irmãs, uma extensão oscilante de penhascos de cal que os diretores de filmes sempre usam como dublês para os penhascos de Dover por serem muito mais fotogênicos. Agora eu e Doggo estamos no lugar exato onde Kevin Costner, no papel de Robin Hood (completo com capa, um mullet duvidoso e sotaque americano), certa vez caiu de joelhos ao voltar das Cruzadas em um barco a remo.

Eu faço uma reconstrução da cena para Doggo, rolando no chão, rindo e berrando alto "Estou em casa! Cheguei!", enquanto Doggo me olha com a mesma mistura de desprezo e espanto que Morgan Freeman usou para o personagem do amigo sarraceno de Robin na mesma cena.

Estamos voltando para o carro quando uma vontade repentina toma conta de mim, incitada por aquelas palavras em letras maiúsculas vermelhas: PERIGO! PROIBIDO NADAR. Fico só de cueca e, sem dar tempo para o bom-senso me segurar, pulo no rio. Meu Deus, que frio. E também está mais cheio e com uma correnteza mais forte com as chuvas recentes. Doggo me acompanha da terra firme, mantendo o ritmo comigo enquanto a forte corrente tenta me arrastar. Ele para de repente, o corpo inteiro tremendo de ansiedade, e então se joga da margem e dá uma barrigada na água. Ele parece estar sorrindo enquanto agita as patinhas furiosamente no nado cachorrinho ao meu lado.

— Você vem sempre aqui? — Pergunto.

Ele late duas vezes. Soa como "Vai se foder".

A melhor parte é quando o rio dá lugar ao mar e a água se encrespa de repente. Você passa pelas ondas, subindo e descendo, a força da corrente às suas costas diminuindo gradualmente até que você finalmente consegue ajustar o curso de sua trajetória. Os bancos de areia ainda estão ali, e a sensação da areia molhada misturada à lama do rio escapando por entre os meus dedos dos pés me leva até vinte anos atrás. Estico a mão para pegar o Doggo e o puxo para mim. É a primeira vez que o seguro no colo. O mais incrível é que ele não rosna.

Vamos voltando devagar para o caminho onde deixei minhas roupas quando vejo um homem vindo correndo em nossa direção. O uniforme verde sugere que deve ser algum tipo de policial.

— Você não saber ler? Aqui diz que é proibido nadar. — Roxo de indignação, ele aponta para uma das placas.

— Eu não estava nadando, eu estava salvando o meu cachorro.

Ele é pego de surpresa, mas não por muito tempo.

— Não acredito em você — ele berra.

— É verdade, ele simplesmente se jogou na água. — Viro-me para Doggo. — Doggo! Não pode!

Não é a coisa certa a dizer, porque essas são exatamente as palavras que usei para dar uma bronca nele quando mordeu a Megan, e naquela ocasião ele ganhou um petisco. Talvez esperando ganhar outro, ele pula de novo no rio.

Dou de ombros para o homem e pulo atrás dele.

É ainda mais divertido da segunda vez.

— Ems, sou eu.

— Oi, Dan.

— É ruim falar agora?

— Só se você estiver dirigindo.

— Não se preocupe, estou no viva-voz.

— Desligue. Não quero fazer parte de um ato criminoso.

— Mas o que é isso, Ems?

— Pare o carro e então ligue de novo para mim.

Minha mãe está com Nigel há quinze anos, a maior parte deles morando na Espanha, levando uma vida de luxo em uma velha casa de fazenda nas montanhas atrás de Málaga. Nigel é muito rico, rico o suficiente para pagar a conta do asilo do meu avô sem piscar. Dizem que ele ganhou uma herança e tanto de um tio solteiro, mas isso não ajudou a desanuviar as minhas suspeitas de que o negócio de antiguidades que Nigel tinha em Arundel era só fachada para alguma atividade comercial muito mais nefasta. E isso não me surpreenderia. Ele pode ter muitos charmes, mas há algo basicamente falso nele. Eles raramente voltam à Inglaterra e, quando vêm para cá, os dois ficam insuportáveis, exibindo seus bronzeados com aspecto de couro e distribuindo garrafas de azeite de oliva feito com as azeitonas de suas próprias oliveiras. Emma sempre foi muito melhor em manter contato com eles do que eu.

— Acho que eles podem estar no Marrocos.

Agora estou de pé em um acostamento perto de Lewes.

— Marrocos?

— Eles estão pensando em construir uma casa perto de Essaouira.

— E por que eles fariam uma coisa dessas?

— Hum, porque eles querem, porque eles podem.

— Sorte deles.

— Sorte nossa também, se eles decidirem mesmo fazer isso. Quando você falar com a mãe, pareça animado. Bom, na verdade, deixe para lá, porque ela vai saber que você está fingindo. De qualquer forma, por que você precisa tanto falar com ela de repente?

— O vovô falou uma coisa.

— O quê?

Eu quero contar a ela, e quase conto, mas as implicações são grandes demais para nós dois.

— Provavelmente não é nada.

— Mande uma mensagem para ela no Facebook se for urgente.

— No Facebook? A mãe?

— Só faz três anos. E é hora de você entrar também, ô idade das trevas. Tudo bem com ele?

— Com o vô? Ah, você sabe, ele não está melhorando. Você deveria ir vê-lo antes que seja tarde demais.

Um caminhão-cegonha passa por ali como um trovão, afogando a voz de Emma.

— Desculpe, não consegui ouvir.

— Eu disse que é mais fácil para você, você não tem família... filhos.

Eu conheço a minha irmã. Dizer a ela que é uma desculpinha de araque não vai adiantar.

— Você tem razão. Deixe para lá. Não importa.

— Não, não, eu tenho de ir, eu vou, eu quero ir.

— Não demore demais. Se o vulcão que apareceu no joelho dele esses dias explodir, pode ser que você não tenha outra chance.

— Você está de brincadeira.

— Bem que eu queria.

— Um vulcão? Isso não tem preço.

É bom ouvir a risada dela. Já faz um tempo.

CAPÍTULO DOZE

Nós ganhamos a conta do SWOSH!

Doggo está assistindo ao terceiro episódio da primeira temporada de *Friends* e eu e Edie estamos jogando sinuca contra Clive e Connor quando Ralph aparece com Tristan para dar a notícia. Eles estão superempolgados. Nós estamos superempolgados. Todo mundo está superempolgado. O departamento de criação se enche de repente de pessoas querendo nos cumprimentar. Champanhe aparece de algum lugar. Doggo vai passando pela floresta de pernas pensando no que foi que ele fez para receber uma reunião tão feliz em sua homenagem. A ilusão dele ficou mais compreensível desde que a notícia de sua obsessão por Jennifer Aniston se espalhou pelo escritório. Nos últimos dias teve gente passando pela nossa sala para vê-lo de perto. Ele vem ganhando muita atenção, e está recebendo ainda mais agora. A Margaret de Contas ainda está fula da vida por não poder trazer o gato para o trabalho, mas é ela quem diz ao Doggo:

— E não é que você está virando uma mascote de verdade?

É muito melhor do que esperávamos. Ralph tinha razão: a KP&G adorou a apresentação na sexta passada; eles só queriam um tempo para falar sobre o conceito com a consultoria de marketing que usam.

— Tem um cara lá, Ben Wood, um filho da puta de um gênio como eu nunca vi. Ele está convencido de que o conceito pode até ficar internacional.

Essa notícia é incrível. Isso pode dar um perfil estrangeiro à Indology, abrindo novos mercados lucrativos para negócios futuros.

Meu olhar cruza com o da Edie do outro lado da sala cheia e imagino se ela está pensando o mesmo que eu: que agora somos uma equipe de verdade, uma parceria mesmo, e não apenas duas pessoas trabalhando duro na sala dos fundos, esperando que o melhor aconteça. O Gordo do Trev aparece na minha cabeça. Eu tenho sido um covarde; eu preciso falar com ele. Se ele ainda não sabe sobre o meu novo emprego na Indology, então logo vai ficar sabendo. Com certeza Tristan vai usar a influência dele com a *Campaign* para que a notícia sobre a conta do SWOSH! receba um destaque e tanto na revista.

Ralph pede silêncio, e então faz uma homenagem emocionante a Tristan por seu instinto para colocar eu e Edie juntos. Tristan imediatamente arruína o momento, falando sem parar sobre como o SWOSH! Está em "sincronicidade" com a visão da direção que a Indology está seguindo. O que era para ser um discurso motivacional para a equipe acaba saindo com um sermão sem graça. Posso sentir a energia indo embora da sala. Ela só volta quando Ralph anuncia de repente que todos nós podemos tirar o resto do dia de folga.

— Ah, e daí? — Ele dá risada. — Mas aproveitem o dia com sabedoria.

Tristan não é o tipo de chefe que gosta de agradar aos funcionários, e fito-o de relance esperando ver o descontentamento em seu rosto. Mas o que vejo é um olhar furtivo que ele troca com Edie antes de ela desviar o olhar rapidamente. Talvez eu esteja errado, mas posso jurar que havia algo cúmplice, até mesmo ilícito, naquele encontro tão fugaz de olhares.

Testar essa possibilidade é fácil. Edie não está a fim de passar a tarde comemorando comigo.

— Eu adoraria, mas tenho um monte de coisas para fazer — ela oferece sem me convencer.

Então, quando todo mundo está se dispersando, encurralo Tristan e sugiro almoçarmos juntos, só eu e ele, e por minha conta, como agradecimento por tudo.

— Você não tem de me agradecer por eu ter saído bem na situação — ele brinca. Tristan diz que precisa fazer umas compras urgentes e que a tarde livre é uma oportunidade rara para pegar o filho mais novo na escola. Tenho uma forte suspeita de que ele não estará no portão da escola mais tarde.

Será que me enganei com o olhar entre eles? É bem possível. Passei os últimos dias bem desconfiado, desde que o meu avô soltou aquela bomba no asilo: um pai é o suficiente para qualquer homem.

As palavras dele me fizeram começar a pinicar o passado como um machucado no joelho, imaginando que mentiras fui obrigado a engolir ao longo dos anos. É claro que meu avô pensou que estava falando com a minha mãe naquele momento, mas minha intuição me diz que aquela frase veio de um canto ainda limpo e intocado do cérebro doente dele (que então se fechou totalmente quando pedi para ele explicar).

Já tentei interpretar o que ele disse de várias maneiras, mas apenas uma interpretação faz sentido: que o homem que sempre pensei que fosse meu pai pode não ser meu verdadeiro pai. Parece ridículo, mas não é impossível. As pessoas sempre disseram que puxei para a minha mãe. Do lado dela na família, as bocas são fortes e os narizes, compridos. Os Larssens também são altos, o que acho que sou, e que meu pai com certeza não é. Eu ultrapassei a altura dele aos catorze anos, um ano antes de ele e da minha mãe se divorciarem. Será que o divórcio tem a ver com isso? Será que ele olhou para mim e pensou "Esse monstro comprido não pode ser filho meu"? Será que ele confrontou a minha mãe? Será que ela confessou sob pressão? É possível. Mas, pensando bem, tudo é possível se você está preso neste mundo paranoico em que estou vivendo desde sábado.

Emma e eu sempre fomos levados a pensar que meu pai se apaixonou por uma colega, uma professora de história moderna na

Universidade de East Anglia. Eu me lembro da minha mãe contando para a gente na época: "O pai de vocês me largou para ficar com uma lésbica. Mas acho que vou me recuperar". O que dá uma ideia de como a minha mãe é: não muito boa no quesito delicadeza quando esta é necessária em certas situações.

Não acho que a Carol seja lésbica, apesar de ela poder ter sido uma antes. Ela é um pouco mais nova que meu pai, o que significa que ela estava na universidade no meio da década de 1970, quando ser heterossexual provavelmente marcava a pessoa como alguém que perdoava o massacre de guerreiros da liberdade vietnamitas. Estou brincando, é claro, mas só porque é fácil brincar ao falar da Carol, ou dos dois, na verdade. Quando o Muro de Berlim caiu, em 1989, levou a maior parte das teorias de esquerda dos dois com ele. Eu só tinha sete anos na época, mas me lembro do olhar vazio do meu pai ao assistir aos berlinenses do leste na TV derrubando o muro simbólico com suas marretas e reduzindo tudo a entulho.

Meu pai se provou mais resiliente, adaptando seus argumentos para que se adequassem a uma nova era pós-comunista. Admitir que ele sempre estivera errado seria suicídio profissional. Mas trocar de cavalo no meio da corrida não pega bem no ambiente acadêmico. É como aqueles historiadores de arte que construíram sua reputação com base em teorias sobre as cores melancólicas dos afrescos no teto da Capela Sistina serem testemunha do estado depressivo de Michelangelo à época, para então descobrirem a verdadeira paleta do mestre, tão vibrante que chega a ser espalhafatosa, quando séculos de fuligem foram finalmente removidos. Será que aqueles professores ergueram os braços e disseram que pisaram mesmo na bola? É claro que não: eles continuaram atacando, denunciando o processo de limpeza que tinha levado embora também seu status acadêmico.

Meu pai sempre foi um homem remoto, envolvido em seus estudos e escritos, sua mente sempre em coisas mais importantes, mas agora vejo que, depois do divórcio, ele se tornou ainda mais reservado, enquanto a maioria dos homens se dedicaria mais aos filhos para apaziguar a dor da separação. Emma raramente está presente quando o vejo, então não posso dizer com certeza que ele é diferente com ela, mais carinhoso, mais "paternal".

Segui o conselho de Emma e fiz algo que jurei que nunca faria: entrei no Facebook. Minha mãe me aceitou como "amigo" e então prontamente me fez fazer algo que também havia jurado nunca fazer: entrar no Skype.

Marcamos uma hora para conversar. Não consigo acreditar que vai dar certo, mas dá. Às oito da noite em ponto ela aparece como que em um passe de mágica na tela do meu laptop usando uma frente única branca (ou talvez um vestido, não dá para saber porque ela está sentada a uma mesa). Atrás dela há uma piscina emoldurada por palmeiras. O sol ainda está para se pôr no Marrocos e ela tem uma taça de vinho branco na mão.

— Danny — ela sorri. Ela é a única pessoa que permito que me chame assim.

— Oi, mãe. Tudo bem?

— Ah, você sabe, vamos levando — ela brinca, fazendo um gesto com a cabeça para o cenário paradisíaco atrás dela.

Não nos falamos há meses, então conto a ela sobre o emprego novo e a conta que eu e Edie acabamos de ganhar para a agência.

— Enxaguante bucal? Que ótimo!

Eu sei que ela está feliz por mim; ela não teve a intenção de isso soar como um insulto. Não é como se eu facilitasse as coisas para ela também. Meus maiores sucessos até hoje incluem batata frita de forno ("Mas que maravilha, querido. Mas, como assim, batata frita no forno?") e amaciante de roupas ("Vou mudar de marca imediatamente").

— Mãe, preciso falar com você sobre uma coisa. Você está sozinha aí?

— Sozinha? Sim.

Ela não me convence.

— Que bom — digo —, porque é sobre o Nigel. A Maria me ligou desesperada. Ela está grávida dele e não sabe o que fazer. — Maria é a bonitona morena que cozinha, limpa a casa, faz as compras e basicamente cuida de tudo na vida deles.

O rosto de Nigel aparece na tela.

— Mentiras, não passam de mentiras. O teste de paternidade vai provar. — Você tem de admitir, o cara é engraçado e rápido. — Está bonitão, Daniel.

— Você também, Nigel — respondo, apesar de não estar convencido pela combinação camisa sem gola e lenço no pescoço.

— Se você quer falar em particular com a velha, por mim tudo bem. Fui. — Ele faz tchauzinho e então desaparece da tela.

— Velha? — Minha mãe grita para ele.

— *Vintage* — ouço Nigel responder longe da câmera.

Naturalmente, como filho dela, fico com nojo do olhar cheio de amor dela, mas também me sinto sensibilizado. A verdade é que ela se casou com um cara rabugento da primeira vez e ganhou uma segunda chance de ser feliz. Há o perigo de eu estar prestes a criar uma reviravolta nada bem-vinda na vida dela, que ela não quer, não precisa, nem merece, mas preciso descobrir a verdade.

Ela ouve em silêncio quando conto sobre a minha visita ao Asilo Seaview, mas, quando digo o que meu avô disse para mim pensando que eu fosse ela, ela dá uma risada alta e surpresa.

— Ele disse isso?

— Disse. E falou sério.

Ela olha direto nos meus olhos e diz, como se estivesse falando com um idiota:

— Danny, seu avô está biruta.

Quero perguntar a ela como é que ela sabe disso, já que ela não o visita desde o Natal.

— Não totalmente, ainda não.

— Ah, fala sério, isso não faz sentido, é besteira.

— Mas é mesmo, mãe? De verdade? Eu preciso perguntar. Você tem de entender isso.

— Eu entendo. Mas você não está pensando direito e nós dois sabemos por quê.

— O que você quer dizer?

— Eu fiquei sabendo do que aconteceu com a Clara.

— Ah, é?

— A Emma me contou.

— E você não pensou em me ligar?

— E você não pensou em *me* ligar? — Ela contra-ataca. — Não, não pensou, porque nós não temos mais esse tipo de relacionamento. Graças a Deus. Agora você é um homem, trinta anos nas costas, pelo amor de Deus. Você quer mesmo que sua mãe se meta na sua vida? Eu tenho fé em você, Danny. Você vai conseguir resolver o que precisa ser resolvido. Você sempre foi assim: forte, independente, voluntarioso. Ah, voluntarioso com certeza.

Já vivi essa conversa várias vezes na minha mente. Já imaginei o que ela diria e o que eu responderia. Então apelo para uma das minhas falas ensaiadas.

— Mãe, olha, ninguém precisa saber, nem a Emma, nem o Nigel, nem mesmo o pai se ele já não souber. Mas eu preciso. É direito meu, e você sabe.

— O que eu sei — ela me corrige, ficando mais séria — é que você está fazendo tempestade em copo d'água. Na melhor ou pior das hipóteses é o que seu avô queria que tivesse acontecido. Ele nunca gostou do seu pai. Sinto muito em dizer isso, mas é verdade.

Eu sei que é verdade porque ele sempre falou isso, como ela bem sabe.

— Jure pela vida do vô.

— O quê?

— Você me escutou. Jure pela vida do vô que o pai é meu pai biológico.

Eu a vejo tomar um gole de vinho.

— Que coisa horrível para me pedir. Mas, se vai fazer você se sentir melhor, então tá: eu juro. Você está feliz agora?

Sim. E também com nojo de mim mesmo.

— Eu sinto muito, mãe.

— Eu também. Mas não é culpa sua, nem do seu avô, é o Alzheimer. Só tente ser um pouco mais, hum, cuidadoso com aquilo que sai da boca dele.

— Eu vou.

— Agora mostre para mim esse seu novo cachorro de que a Emma falou.

Doggo e eu com certeza tivemos um momento puro de amizade no rio Cuckmere — desde então, posso fazer carinho nele e brincar com as orelhas do malandro —, mas sei que, se chamá-lo, ele não virá. Então, desconecto o meu laptop e levo-o até o sofá.

— Meu Deus — minha mãe diz. — Acho que ele não vai participar de nenhum concurso de beleza, né?

CAPÍTULO TREZE

Só ao acordar é que percebo como aquele lance com o meu avô estava me deprimindo. Agora me sinto leve, livre, em paz com o mundo.

Clara tinha a mania de começar o dia com alguns minutos de contemplação em silêncio, um tipo de oração só dela, agradecendo pelo presente precioso que é a vida e honrando-a por meio de suas ações. Eu tentei fazer isso por um tempo, nós dois sentados na posição de lótus no chão da sala de estar, olhando um para o outro. E então certa manhã ela me pediu para respirar através do meu ânus. Eu nunca mais consegui não cair na gargalhada depois disso, e logo fui banido do ritual matinal.

Sozinho isso funciona muito melhor, mesmo com a distração do Doggo fazendo círculos ao meu redor, curioso, mas indiferente ao mesmo tempo. Permito que as realidades importantes da minha situação se infiltrem em mim: sou saudável, jovem (mais ou menos), tenho um emprego e moro em um país que celebra as liberdades pessoais. Isso me coloca numa situação consideravelmente melhor que a de bilhões de outras pessoas no planeta. Quaisquer problemas que eu tenha na minha vida são inevitáveis ou consequências das minhas próprias ações.

Nenhum estranho saiu das trevas e matou alguém que eu amo em um ato aleatório de violência. Sim, um mês atrás minha namorada fugiu para ficar com outro homem, mas a verdade é que eu também tinha ficado acomodado, não só com a Clara, mas comigo também. Eu passei seis meses encostado em um barranco de autoindulgência assistindo ao declínio do Gordo do Trev, chafurdando na minha própria desgraça. Era a oportunidade que eu estava esperando para finalmente começar a escrever meu romance. A falta de tempo não seria mais uma desculpa, então arrumei outras. A Clara poderia facilmente ter jogado tudo isso na minha cara, mas ela esperou pacientemente até que a inspiração atacasse e meus dedos começassem a dançar pelo teclado do laptop.

Eu deveria saber que ela perderia a fé em mim rápido; ela estava sempre procurando algo novo, ou alguém novo, em que acreditar. Bom, ela encontrou o Kamael, seu anjo da guarda, e então foi atrás de Wayne Kelsey. Eu espero que eles estejam felizes juntos, todos os três; espero mesmo. Então percebo que estou finalmente aceitando que nosso relacionamento acabou mesmo.

Tudo bem. Ninguém morreu. Todos estão vivos e bem. Tá, menos o meu avô — ele está vivo e bem doente —, mas mesmo o lento declínio dele tem de ser aceito como uma dessas coisas que a vida joga no nosso colo. Minha mãe estava errada: a culpa não é do Alzheimer. Como você pode culpar uma coisa que age sem malícia, que está simplesmente enterrada no código genético da uma pessoa como uma bomba-relógio?

E será que importa mesmo se o meu avô falou a verdade ou não, se a minha mãe mentiu ou não para mim à beira daquela piscina no Marrocos ontem à noite? Estou vivo. É o suficiente. É mais que o suficiente. Não, é um milagre. Mas não no sentido religioso da palavra. Perdi minha fé há muito tempo. Quer dizer, as religiões principais não podem todas estar certas, e, como elas estão tão erradas sobre de onde viemos, não sei se deveríamos levar a sério qualquer coisa que elas tenham a dizer sobre para onde estamos indo. No entanto, tenho certeza de que não quero passar toda a eternidade em um lugar herdado pelos pacíficos.

Quando sinto que estou me afastando do objetivo aqui, respiro fundo algumas vezes, expirando o ar lentamente pelos meus lábios fechados.

Edie, penso. Ah, Edie – esperta, divertida, linda. Então e daí se ela está tendo um caso com o Tristan? Quem sou eu para julgá-la, ou os dois? Talvez ele seja casado com uma mulher horrível que o humilha no momento em que ele chega em casa ao final de todo dia, que o censura por ser um mau pai, que maliciosamente acaba aos poucos com a autoestima dele. E quanto ao namorado da Edie, o Douglas? Eu sei que ele é louco por esporte e joga rúgbi o inverno inteiro e então passa para o críquete sem parar nos meses de verão. Ele treina duas noites por semana e sempre viaja para jogar nos fins de semana. Quem não se sentiria negligenciada, desvalorizada, ignorada?

Talvez Tristan esteja destinado a encontrar a verdadeira felicidade com a Edie nessa segunda rodada, como minha mãe fez com o Nigel. Com certeza não tenho o direito de me colocar como algum tipo de autoridade moral, não depois de ir para a cama com a irmã da minha recém-ex-namorada.

Satisfeito com o local para onde minha minimeditação tinha me transportado, abro os olhos para encontrar o Doggo bem à minha frente. Estendo a mão e faço carinho nele. Ele inclina a cabeça para o lado para que suas orelhas também ganhem uma bela massagem.

– Desculpe, Doggo, eu não tenho sido eu mesmo ultimamente. – Algo nos grandes olhos úmidos dele sugere que não estou dizendo novidade nenhuma para ele. – Eu vou consertar isso entre a gente, prometo.

Nossa rotina matinal para mim é pegar um *macchiato* duplo no café português na nossa rua, que vou tomando a caminho dos Athlone Gardens, onde Doggo cheira tudo antes de fazer seu cocô matutino. Então damos meia-volta e voltamos para Ladbroke Grove, onde jogo fora o meu copo e o saquinho com o cocô dele na lixeira ao lado do ponto de ônibus. Ajustamos o nosso horário à perfeição; raramente temos de esperar mais de dois minutos pelo ônibus.

A voz, que ignoro no começo, vem de um bloco de prediozinhos do governo que, além de ficar em frente aos Athlone Gardens, também ocupa um bom espaço do parque.

– Oi, você com o cachorro! É, você. Qual é a sua?

Um homem grandão de cabeça raspada está olhando para mim lá da sacada do segundo andar. Ainda de pijama, ele está fumando um cigarro.

– Como é?

– Você mora aqui? – Ele pergunta.

– Não.

– E o Quasímodo aí?

– Quem?

– O cachorro, seu besta.

– Hum, não, também não mora.

– Então por que você acha que pode trazer esse cachorro aqui para cagar?

Estou prestes a responder de maneira bem razoável, que se trata de um parque público, mas nem tenho a oportunidade.

– Você quer que eu vá até o seu prédio e leve meu cachorro para cagar na sua porta?

– Eu sempre recolho tudo e coloco no saquinho.

– Ah, é? Então eu também vou recolher. Duas vezes por dia. Igual a você.

– Desculpe.

– O quê?

– Desculpe. Se isso o aborrece, então não faço mais.

– O quê?

Está na cara que ele está procurando briga, mas até parece que vou deixar o cara me arrastar da minha nuvem cármica. Clara aparece para ajudar na forma de uma de suas frases favoritas. Levanto a mão e digo:

— Amor e luz.

O cara congela, o que é bem estranho, e então lentamente ergue a mão para retornar o gesto. É um momento lindo... até a mão virar e os outros dedos se dobrarem para que apenas o dedo do meio permaneça, perfeitamente estendido.

— Estou de olho em você, seu maluco.

A história rende um sorriso de Edie, mas não mais que isso. Ela anda desanimada esta semana, e acho que sei o porquê. A pós-vitória é sempre difícil para nós da criação. Na hora em que ganhamos a conta, nosso trabalho já está feito. Nós podemos ter pescado o peixe, mas agora o trabalho de limpar, filetar e cozinhar tudo fica nas mãos de outras pessoas. Na melhor das hipóteses, o pessoal do planejamento, design e produção vai querer nossa opinião de tempos em tempos, mas é um consolo pobre depois da alegria da vitória, que passa rápido demais.

Também ando meio para baixo, e esta semana estamos jogando bastante sinuca. É a cola que mantém unido o departamento de criação. Colegas se tornam rivais e jogamos enquanto trabalhamos, em um clima de competição saudável. Megan e Seth estão no topo da liga, seguidos por Eric e Josh do design (cujas habilidades gráficas renderam a eles filiação honorária ao clube de criação), e então por Clive e Connor, com Edie e eu na lanterna. Edie ainda é nova no jogo, e fica doida da vida por estar fazendo a gente perder. Mas isso não vai durar muito, já que ela está treinando no horário do almoço. Ela também me confessou outro dia que encontrou um pub com uma mesa de sinuca perto de seu prédio, e assim pode melhorar seu jogo com a ajuda do Douglas.

É uma determinação que beira a obsessão, e a deixa exposta para a troça de Megan. Megan é ótima para tirar um sarro com a cara dos outros. Ela faz de conta que é uma brincadeirinha inocente, mas sempre dá para sentir uma pontinha de hostilidade verdadeira enterrada ali em algum lugar. É a mesma coisa com o sorriso dela, aberto e fácil, mas também um pouco enervante, porque os olhos dela nunca parecem estar sorrindo ao mesmo tempo. Tenho certeza de que ela odeia nos ter por perto e não vai mudar de ideia tão cedo. A gente nunca se propôs a desafiar o domínio dela sobre esses caras mocinhos e sem esperança, mas nossa recusa em nos envolver na brincadeirinha dela de rainha do galinheiro sem dúvida mexe com a autoridade que ela acha que tem. Pelo menos é isso que eu acho.

Se já saquei que Seth fica mais animado toda vez que Edie está perto, então Megan também já está ligada. Ela é observadora. Estou começando a gostar do Seth, em parte por pena do cara ter de dividir uma sala com Megan o dia todo, mas principalmente porque ele é bonzinho com o Doggo e conversa com o cachorro como se ele fosse um ser humano, tipo "Doggo, você nem sabe a coisa mais esquisita que aconteceu comigo neste fim de semana...". Tenho a impressão de que é a maneira dele de contar a Edie um pouco mais sobre ele mesmo, e sobre o que ele gosta. "Ei, Doggo, eu fui ao show da Lady Gaga no O2 ontem à noite com os meus amigos..."

Já decidi que Clive e Connor são duas pessoas estranhas e que devem ser evitados, o que não é muito difícil. Eles gostam de ficar sozinhos, a porta da sala fechada, a música alta (para ninguém ouvir os dois brigando o tempo todo). Eles são como uns estivadores, bem bocas-sujas, mesmo quando estão jogando sinuca.

— Essa aí, não. Eu a deixei ali para bloquear a caçapa.

— Você estava tentando encaçapar e errou, seu inglês de merda!

— Mesmo que você tenha razão, o que você não tem, porque você é um irlandês tremendo imbecil que nasceu na merda, não tem nada que tentar essa jogada.

Et cetera. Ad nauseam. A teoria de Patrick é que os dois estão apaixonados um pelo outro, mas ainda não conseguiram admitir que são gays. Bom, Patrick demorou quase trinta anos para admitir isso para ele mesmo, então a ideia da sexualidade reprimida talvez ronde mais a cabeça dele do que deveria.

É como se Patrick tivesse voltado à vida desde a apresentação vitoriosa do SWOSH!, e tem coberto a gente de presentes, assim como de gratidão. Na outra noite, eu e Edie fomos para casa com garrafas de champanhe Dom Perignon vintage, Doggo com uma medalhinha de prata (gravada com o nome dele e o meu celular) pendendo de uma coleira de couro novinha em folha. A medalhinha decidiu de vez a discussão — o nome do Doggo é Doggo —, apesar de eu não achar que um dia a gente fosse arrumar outro nome para ele.

Agora estou procurando por ele, mas Doggo não está no sofá. É bem capaz de ele estar com Anna, a moça bonita que substituiu Edie na recepção. Ela mima esse cachorro até não poder mais.

Um e-mail chega à minha caixa de entrada. Olho de relance para o laptop e congelo. É da Clara. Minha mente faz os cálculos rapidamente (como fez tantas vezes antes): são nove e pouco da noite na Nova Zelândia. Checo o meu relógio: daqui a vinte minutos tenho uma reunião com Tristan. Talvez eu devesse esperar para ler depois. Mas e se ela não estiver por lá depois? Abro o e-mail.

Já estou pronta para conversar bj

Encaro as palavras. Será que é só isso mesmo que ela tem para me oferecer depois de tudo o que aprontou comigo? Será que isso é brincadeira? Cinco palavras e um beijo? Eu sei que deveria esperar alguns minutos, me acalmar um pouco, mas meus dedos passam a ter uma vida independente do resto do meu corpo.

Que ótimo! Estou quase lá, também. Só me dê mais uma década.

Olho de relance para Edie enquanto espero a resposta. Ela percebe o meu olhar.

— O que foi?

— Nada — respondo.

PING.

Você está magoado e eu entendo.

Antes eu não estava, mas agora estou. Uma imagem nada bem-vinda cruza a minha mente: Clara sentada na sala de estar do apartamento ridiculamente modernoso de Wayne Kelsey, uma taça de Sauvignon Blanc ao seu cotovelo, digitando sem parar, fechando um capítulo de sua vida com algumas palavras preguiçosas. E nem cheiro de desculpa.

Se uma sensação avassaladora de alívio de não ter mais que lidar com a sua merda narcisista new age conta como "estar magoado", então, sim, estou sofrendo todos os tormentos do inferno

Nada a ver com o espírito de viva-e-deixe-viver da meditação de hoje cedo, penso.

Isso apenas confirma que fiz a coisa certa.

Que engraçado isso. E quando foi que você fez algo de errado?

Espero a resposta dela. Enquanto não chega, começo a escrever outro e-mail.

— Fala, o que foi?

Olho para Edie:

— Nada.

— Você está resmungando.

— Não estou resmungando. Eu não resmungo.

— E você vai quebrar o teclado se continuar digitando assim.

Eu falo a verdade e mostro a troca de e-mails para ela. Ela lê tudo por sobre o meu ombro, as mãos dela nas costas da minha cadeira.

— Ai — ela diz a certo ponto, e quando termina: — Bom, acho que não vai ter casamento.

— Culpa minha? Ou dela?

— E daí?

Como não respondo, ela diz:

— Você foi firme, mas ela foi fria como argila.

— Falou a filha da escultora.

Edie sorri e volta para sua mesa.

— Ela quer conhecer você.

– Quem?

– A escultora.

– Jura?

– Pois é, também não entendi até agora.

Bem nessa hora Doggo entra na sala com uma carta na boca. Ele tem se mostrado muito mais intrépido recentemente, passeando livre pelo escritório, e à primeira vista acho que ele roubou a carta da mesa de alguém. Mas Anna vem correndo atrás dele.

– Ele obedeceu! Eu só falei "leve isso para o Dan".

Fico surpreso e emocionado:

– Ele sabe o meu nome.

– Ele sabe onde ficam os petiscos – Edie diz baixinho.

– Não, ele sabe o meu nome também. Pode testar.

Anna vai até o sofá e então pergunto:

– Cadê a Anna?

Doggo vira a cabeça e olha para ela.

– Viu só? Ele é superinteligente!

– Ele está escondendo seus talentos. – Doggo ainda está com a carta na boca. – Quem é o meu cachorro inteligente? É você, meu pequeno Einstein.

Rolamos no chão, ele dando aquele rosnado "não folga comigo que eu te mordo".

Os filhos de Ralph estão de folga da escola esta semana e ele foi para Maiorca com eles, deixando Tristan para tomar conta de tudo. Para um cara inteligente, Tristan parece não ter muita noção do impacto que tem sobre os outros. Será que ele não ouve os cochichos nas fileiras de soldados? Ele se apresentou para tomar o lugar de Ralph com um pouco de empolgação demais, de acordo com algumas pessoas. O cara anda mais fanfarrão e com uma dose extra de puxa-saquismo.

Em uma paródia de "como sou importante", ele até está com os pés cruzados sobre a mesa quando eu e Edie entramos na sua sala. Ele está estudando um arquivo.

— Não há descanso para quem trabalha. Isso acabou de chegar.

Ele desliza o arquivo sobre a mesa em nossa direção. É um briefing para uma tinta de cabelo de duração mais longa.

— *Dye another day* — brinco, fazendo um trocadilho com a palavra "dye", "tintura" em inglês, com a palavra "die", que é "morrer", aludindo ao título do filme do James Bond *Um novo dia para morrer*.

— Boa ideia — Tristan fala. — Boa mesmo!

O que só serve para mostrar o pouco que ele conhece sobre o negócio. Para começar, "pintar" há muito tempo não é usado no contexto de tinta para cabelo, pois deixa claro que o processo é cheio de química e não é nada delicado. Você "tinge" o cabelo. Em segundo lugar, será que o cliente gostaria de associar seu produto com um dos piores filmes do James Bond?

Quando menciono isso, Tristan parece ofendido.

— É meu filme favorito do James Bond.

— Sério?

Não pode ser. A Madonna está no filme, isso para não falar da reviravolta mais absurda de todos os tempos, quando o belo Toby Stephens revela ser uma versão geneticamente remasterizada da ameaça norte-coreana da sequência de abertura.

— Na verdade, não — diz Tristan. — É *Permissão para matar*.

Para mim, esse consegue ser ainda pior que *Um novo dia para morrer*, que pelo menos tem o Bond fazendo o que o Bond faz de melhor — salvando o mundo de mais um psicopata de alto nível funcional. Em *Permissão para matar*, Timothy Dalton fica loucão e viaja pela Flórida para se vingar de um senhor das drogas latino-americano.

— É como um filme ruim do Stallone, mas com um orçamento maior.

Edie tenta defender Tristan:

— Mas tem uma ótima sequência de abertura.

Ela tem razão, tem mesmo. Está na cara que ela conhece os filmes do Bond.

— Qual é o seu favorito? — Pergunto a ela.

Acho que ela prefere o Bond do Connery — *007 contra Goldfinger* talvez, ou *Moscou contra 007*.

— *Cassino Royale*.

Boa escolha. A primeira vez de Daniel Craig como 007, e ainda sua melhor aparição como o agente. Edie e eu estamos relembrando falas da cena no trem, aquela em que Bond conhece Vesper Lynd, quando Tristan fica irritado e põe fim à discussão, deixando nós dois livres para irmos embora.

— Na verdade, Dan, queria dar uma palavrinha com você.

Ele quer conversar sobre o almoço que eu tinha proposto na semana passada, aquele ao qual ele não pôde comparecer porque estava provavelmente transando com a Edie em algum hotelzinho esquálido em Victoria (e estou mais convencido disso do que nunca depois de ver os dois agora). Marcamos para a próxima terça, mas ele ainda não me deixa ir. Ele quer um conselho. Edie me contou que ele está escrevendo um livro de negócios, mas ela não me disse que a obra "vai revolucionar as práticas de gerenciamento". Fico ainda mais intrigado quando ele diz que é inspirado nos ensinamentos de Montaigne.

— Montaigne?

— O filósofo francês.

Eu sei quem é Montaigne. Eu fui forçado a ler os *Ensaios* dele na universidade, e eles são muito bons. No entanto, tenho certeza de que ele não falou muito sobre as estruturas de comando capitalistas, mesmo porque ele viveu no século XVI pré-capitalismo. Mas aparentemente não faz a menor diferença.

— Você precisa de um gancho para um livro assim, e escolhi o Montaigne.

— Por quê?

— Porque ele era um cético, e muitas das minhas teorias são muito... — Ele procura a palavra.

— Céticas? — Sugiro.

— Ah, vá — ele diz. — Não precisa tirar uma com a minha cara também.

"Teorias" é um pouco de exagero. Pelo que eu consigo entender, ele só tem uma: que uma superabundância de gestores gera inércia e breca o sistema, pois questionar e dificultar é uma tendência natural da pessoa que precisa manter seu lugar na organização.

— Quer dizer, se você disser "sim" para tudo o que chega à sua mesa, então qual é o sentido de estar ali? Eles podem muito bem demitir você e economizar um salário.

É uma proposta interessante, mesmo que soe de maneira suspeita como a lei de Parkinson. Esse pensamento também se baseia em uma suposição gigante: a de que todas as ideias são boas e deveriam ter acesso livre para chegar ao topo. Acho que as camadas de gerenciamento são uma boa maneira de eliminar ideias de merda que poderiam acabar com um negócio. Não digo nada ao Tristan. Não há dúvidas de que ele tenha organizado seus argumentos e escolhido a dedo um monte de estudos de caso para apoiar sua hipótese.

— De Des-gestão ou Antigestão? — Ele pergunta.

— Oi?

— Para o título.

Penso por um momento.

— "Anti" é muito estridente. "Des-gestão" sugere um processo positivo... Como se alguém estivesse arrancando as plantas mortas.

Ele sorri por eu ter acabado de confirmar os próprios instintos dele.

— Vou precisar de um subtítulo para a capa. É uma coisa básica para livros desse tipo: "Des-gestão: como blá-blá-blá....", você sabe, esse tipo de coisa.

E sei mesmo: "Como fazer uma fortuna vendendo à exaustão uma teoria de gestão enganosa para empresários ingênuos". Fico feliz em ajudar – bom, na verdade, não, mas não posso dizer não também.

– Talvez eu devesse ler um pouco do livro para ter uma ideia melhor do que você está pensando.

Ele me passa um capítulo que acabou de terminar. O título diz: "Se você não está sentado à mesa, então está no cardápio". Para ser justo, parece mesmo algo que Montaigne teria dito.

CAPÍTULO CATORZE

O convite de Edie chega tarde na quinta, quando estou saindo do trabalho para ir encontrar o Gordo do Trev. (Não contei a ela que vou me encontrar com ele porque sinto que ela se sente ameaçada por ele, e até mesmo preocupada com a possibilidade de retomarmos nossa parceria quando ele se recuperar.)

Ela tem um casamento no fim de semana perto de Henley, alguém que conheceu ainda criança, e Douglas tem um jogo de críquete em Shropshire.

— Eu sei que está em cima da hora, e você provavelmente já tem alguma coisa para fazer.

— Você quer que eu vá com você?

— E o Doggo também, apesar de ele não poder comparecer à cerimônia.

Os pais dela podem tomar conta dele, já que o plano é dormir na casa deles de sábado para domingo.

— Eles querem mesmo conhecer vocês dois.

— Você contou a eles sobre o Doggo?

— É claro — ela responde. — Eu também divido a sala com ele.

Eu minto e digo que estou livre no fim de semana.

J vai ficar furioso comigo, mas não vou perder a chance de passar um fim de semana no campo com a Edie. Além disso, o J já está furioso comigo. Ele diz que a Lily ter dado um pé na bunda dele foi culpa minha. Aconteceu algumas noites atrás — uma superbriga por causa de nada em particular, como sempre acontecia entre eles, mas dessa vez não houve uma reconciliação regada a muito choro. Lily jogou a taça de vinho na TV de tela plana, arrumou uma mala e pegou um táxi para a casa da irmã. Ela diz que acabou — mas é claro que ainda não acabou — e J está convencido de que Clara e eu somos responsáveis por isso, que nossa separação foi o catalisador. É possível. Já vi isso acontecer antes, o efeito dominó: um relacionamento chega ao fim e outros começam a ruir, como se algum tabu fosse quebrado e nada tivesse mais valor. Eu não me culpo, e não acho que J espere mesmo que eu me culpe. O que ele quer de mim é companhia para a noite de sábado.

De maneira meio doentia, é uma ideia inspirada. Quer dizer, qual pessoa com juízo escolheria o aeroporto de Heathrow para uma noite de balada? Resposta: um cara que está sempre viajando a trabalho e que sabe que todos os hotéis que servem aeroportos estão cheios de aeromoças fazendo escala. "Nunca as chame de aeromoças, elas não gostam disso. O certo é 'comissárias de bordo'", ele disse. Elas podem estar cansadas demais para ir até o centro de Londres, mas isso não quer dizer que não estejam dispostas a se divertir. "Pense nisso — o estacionamento é grátis e o quarto já está pago."

Dei risada e me vi dizendo sim, e desde então venho procurando uma desculpa para não ter de ir. E agora eu tenho.

O Gordo do Trev, ou o que sobrou dele, abre a porta de seu apartamento usando uma camiseta preta justa e com um shake de proteína Maximuscle na mão. Ele está quase irreconhecível. Reconhecer o cara também se torna uma tarefa mais difícil porque ele raspou a barba (provavelmente porque agora ele tem apenas um queixo para exibir ao mundo).

— Jesus Cristo, o que aconteceu com a outra metade de você?

Estou esperando uma risada, ou pelo menos um sorriso. Levo um aperto de mão ridiculamente forte e...

— É a minha nova rotina de TIAI.

— TIAI?

— Treinamento Intervalado de Alta Intensidade.

— Ah, tá.

— Entre.

Ao passar por ele, rasuro mentalmente o assunto "fêmeas de hipopótamo bailarinas" da lista de tópicos interessantes para discussão.

O apartamento dele agora só tem o básico, e vejo uma máquina de remar no meio da sala de estar. Ele é simpático para começo de conversa, e mostra compaixão quando conto o que aconteceu com a Clara, e agradecido por eu ter feito questão de contar a ele pessoalmente sobre o meu novo emprego na Indology, apesar de ele já ter ouvido a novidade de outra pessoa.

— Sem problema — ele diz, me passando uma caneca de chá verde. — Sem problema mesmo.

Não é uma beleza de restaurante, mas é o único perto do apartamento do Trev que aceita cachorros, e pelo menos me salva de uma refeição do café vegano que ele tinha sugerido em primeiro lugar. Ele pode não comer mais trigo e laticínios, mas o álcool ainda está no cardápio. Não a princípio, não até eu cometer o erro de pedir o segundo gim-tônica e ele decidir abandonar a San Pellegrino para me fazer companhia.

Conversamos bastante sobre ele, sobre como ele mudou, quanto aprendeu sobre si mesmo, como ele tem crescido como pessoa apesar de seu corpo estar encolhendo. É o tipo de conversa que ativa um alarme dentro de mim — talvez mais agora do que nunca, agora que a Clara foi embora e não sou mais obrigado a ouvir historinhas de superação o tempo todo –, mas consigo fazer os barulhos certos, ou pelo menos acho que consigo:

– Que interessante, Trev... Eu nunca tinha visto isso por esse lado... Você tem razão, como é possível amar outra pessoa quando você não se ama?

Mas a verdade é que realmente nunca entendi essa coisa de amor-próprio. As pessoas que mais respeito tendem a ter uma opinião notavelmente horrorosa a respeito delas mesmas, um senso aguçado de suas próprias bobagens e falibilidade. Não digo isso ao Trev, mas ele obviamente reconhece alguma coisa no meu tom ou na minha expressão.

– Você é um cínico mesmo, Dan.

– Não sou, não.

– Você sempre foi.

– Você também era.

– Pois é, e olha só para onde isso me levou. Cuidado.

– Obrigado pela sua preocupação, Trev. Eu estou bem.

– Talvez. Eu só espero que você tome coragem para fazer algumas mudanças.

– Como você? É isso que você quer dizer?

Trev completa a taça de vinho e se aproxima de mim com um brilho meio demente no olho:

– É enxaguante bucal, Dan. Uma merda de enxaguante bucal.

– Você está errado. Também é tintura de cabelo, e estão falando de um comercial de TV para um carro francês *hatch* horroroso.

– Pode rir, ria quanto você quiser, mas isso é vender porcaria para as massas. Você quer mesmo passar o resto da vida fazendo isso?

É aí que ele começa a falar sério, acabando com a indústria e comigo por ser um escravo sem colhões que se anestesia com sonhos de um romance que nunca vai escrever. Estou olhando para ele e pensando que não gosto muito do Trev-sem-peito-de-mulher-devorador-de--quinoa-e-viciado-em-academia, e sei que a qualquer segundo agora vou começar a revidar. Mas não revido, porque, quando estou prestes a fazer isso, Doggo muda de posição e sinto a pressão do corpinho quente dele contra a minha perna. Geralmente ele não faz isso – ele não gosta muito de contato físico – e, enquanto fico pensando nisso, o momento passa, e a minha raiva começa a passar também de maneira misteriosa.

Então eu fico sentado ali e aguento – o que não é fácil quando alguém está falando um monte de merda, mas muito mais difícil quando inclui algumas verdades bem dolorosas também.

CAPÍTULO QUINZE

— Já vou descer — a voz de Edie vem do interfone, o que é uma pena. Eu adoraria ver o apartamento dela, e uma amostra de como ela e o Douglas vivem. Se a mesa dela serve como referência, então a casa deve ser arrumada e em ordem. Vejo paredes brancas, chão de madeira e revistas empilhadas sobre uma mesinha de centro retrô de vidro. O Douglas trabalha num banco, e até onde sei banqueiros gostam que sua casa tenha um ar de esterilidade esfregada com cândida. Eles não querem móveis marrons, nem tapetes persas puídos, nem papel de parede e objetos misteriosos colecionando pó sobre a lareira; eles querem linhas limpas e duras e TVs e geladeiras gigantes, mas meio vazias.

Eu me ofereci para dirigir, o que significa que limpei o carro direito pela primeira vez em mais de um ano, por dentro e por fora. Até estendi um cobertor para o Doggo no banco de trás. Ele só está acostumado à Edie no trabalho, e posso ver a confusão nos olhos dele enquanto colocamos a bolsa dela no porta-malas. Ele sente que tem alguma coisa especial rolando.

Todo mundo se acha um ótimo motorista, ou pelo menos diz ser. Eu, não. Eu sei que sou lerdo demais para o gosto da maioria das pessoas, e não estou interessado em vencer o trânsito da cidade. Mudar de faixa só para ganhar um lugar ou dois à frente na próxima fila no semáforo sempre me pareceu um exercício inútil. Fico satisfeito em seguir relaxado, abrindo caminho para quem pelo jeito está com muito mais pressa do que eu.

– De nada – Edie fala rispidamente quando deixo uma BMW vinda de uma rua lateral entrar na minha frente e o motorista nem reconhece a minha gentileza. – Ele deveria ter agradecido.

– Edie, é o fim de semana, o sol está brilhando, e a Adele está cantando para a gente.

– Mas é uma questão de princípio. De cortesia.

– A gente tem isso, e ele não. E daí? Relaxe.

– Você tem razão – ela diz. – Aqui! Vire à esquerda, eu conheço um atalho por Barons Court.

Passamos os próximos vinte minutos presos numa obra de trânsito em Barons Court com um monte de gente que conhece o atalho de Edie.

Já estive em Henley antes, para ver uma menina de que eu estava a fim na universidade remar em uma regata. Lembro que é uma cidade atraente plantada em uma curva do Tâmisa, com um ar levemente convencido de prosperidade. E não mudou muito na última década.

Estamos rastejando pela via de mão única quando Edie joga essa bomba:

– Tem uma coisa que você deveria saber. O Douglas não existe.

Eu fico um minuto tentando encontrar as palavras.

– Isso é um pouco estranho.

– Na verdade, ele existe. Mas é que não estamos juntos há um tempinho.

– Quanto é um tempinho?

– Oito meses.

Ela explica que não contou a ninguém no trabalho porque é mais fácil pensarem que você está num relacionamento quando você não está à procura de um. Enquanto isso, fico pensando que tenho certeza de que Tristan sabe. Na verdade, eu não me surpreenderia se ele tivesse insistido que ela terminasse com o Douglas. Também estou pensando em quantas mentiras ela já me contou nessas últimas semanas: a conversinha sobre o treino de sinuca com o Douglas no pub perto da casa dela e os detalhes emocionantes do namoro deles, como o jeitinho doce com que ele a consolou quando ela chorou no cinema na semana passada, o jantar-surpresa no restaurante com estrelas do Michelin depois que ganhamos a conta do SWOSH!. Tudo mentira. Obviamente estou usando esses pensamentos no meu rosto.

— Não fique bravo comigo. Não é fácil ser uma garota solteira. Pode ser bem opressor.

— Não estou bravo com você.

— Dan, olhe para mim.

— Não posso, ou vou bater na traseira daquele Range Rover. Céus, ninguém aqui dirige um carro normal?

— Os meus pais dirigem, e o deles é ainda mais lixão que o seu. — Trocamos um olhar conciliador. — Eu não precisava te contar — ela diz.

— Precisava, sim. Você está me dando o briefing para mais tarde.

— Verdade, mas eu não precisava ter convidado você para vir comigo.

— Então por que convidou?

— Porque não aguento mais mentir para você.

Por um momento acho que ela vai me contar mais alguma coisa para diminuir o fardo, quem sabe até falar de Tristan, mas ela leva a conversa de volta para os pais, e me avisa que eles são um pouco estranhos.

— E a casa é um lixo. Não espere roupas de cama limpas e flores no seu quarto. É o jeito deles. Na verdade, eles devem ter esquecido que estamos chegando.

Eles moram além de Henley, no alto dos morros de Chiltern, que eu não conheço, e que parece improvavelmente intocado e vazio para um lugar que fica tão perto de Londres. Foi aqui que Edie cresceu, em uma casa antiga de pedra nos limites de uma aldeia que fica em um vale largo cheio de árvores altas e gado pastando. Mais parece que esse lugar saiu de um romance de Thomas Hardy — o idílio bucólico, a utopia rústica (antes de o sr. Hardy chegar lá).

Eles não esqueceram que vínhamos. O pai dela, Elliot, nos recebe à entrada da garagem coberta de cascalho. É um homem alto com um cabelo grosso espetado para todos os lados, muito apropriado para um compositor. Ele está usando shorts de rúgbi bem antigos, com um cordão e (bizarro!) uma camiseta desbotada da banda Blue Oyster Cult.

— Pai, você está sangrando.

É verdade; ele está. Os braços dele estão cheios de arranhões, e alguns bem fundos.

— A sua mãe me mandou limpar os espinheiros hoje cedo.

— E cadê a minha mãe?

— Só Deus sabe. Provavelmente fazendo um pote. — Ele aperta a minha mão. — Perdoe a falta de educação da minha filha. Você deve ser o David.

— Daniel.

— Desculpe. Sou péssimo com nomes. Ou rostos, para falar a verdade.

Quando ele se aproxima para abraçar Edie, ela se esquiva, preocupada com a camisa branca dela.

— Pai, o sangue...

Eles se contentam com dois beijinhos.

— Você está mais linda do que nunca, minha querida. — Ele se agacha sobre as pernas compridas para cumprimentar Doggo. — E você, meu amiguinho, é bem mais feio do que me contaram.

A mãe dela estava mesmo fazendo um pote. Nós a encontramos em um antigo chiqueiro que foi reformado para virar seu ateliê. O nome dela é Sibella, e percebo na hora onde Edie arranjou seus olhos felinos e levemente puxados. O cabelo preto escuro dela é entremeado de fios brancos e amarrado no topo da cabeça, preso com o que parecem ser dois palitinhos de comida japonesa.

– Querida – ela diz ao olhar de relance para nós, seu pé a todo o vapor no pedal, girando a roda. – Daniel, Doggo, bem-vindos. Agora saiam todos daqui. Estou num momento crítico.

A casa não é exatamente um lixo, mas os quartos no andar de baixo parecem mesmo uma loja de quinquilharias. Há livros por todo canto, fazendo as estantes embutidas se encurvarem, lutando por espaço na parede com gabinetes envidraçados cheios de objetos curiosos de todos os tipos, a maioria de origem arqueológica: fragmentos de potes de argila, figuras de bronze, fósseis e assim por diante. A cozinha com piso de ardósia é gelada como uma catedral, mesmo num dia como hoje. A quantidade de panelas de qualidade penduradas em ganchos deixa bem claro que se trata do Q.G. de uma casa gourmet, assim como o arsenal de facas coladas ao ímã comprido na parede ao lado do fogão. A sala de música que dá para o jardim no quintal contém a maior coleção de vinis que já vi fora de um sebo de discos. Um piano de cauda, com a tampa fechada e cheio de partituras, fica bem no meio da sala, mas há outros instrumentos espalhados por ali, como se os outros músicos tivessem largado tudo de repente para ir fazer xixi.

– Você toca piano? – Pergunto.

– Toco.

– E violoncelo? – Ele está apoiado em um divã de veludo cor de pêssego desbotado.

– A-hã.

Aponto:

– E harpa?

– Um pouco.

– Você está brincando.

– É verdade.

– Prove.

Edie se senta e tomba o instrumento enorme sobre o ombro. Fico assistindo de queixo caído enquanto seus dedos compridos flutuam pelas cordas, ao mesmo tempo que parecem nem tocá-las. Está na cara que o "pouco" dela é muito para os padrões de qualquer outra pessoa; até para mim, com meu ouvido de merda e zero de talento para a música. Já ouvi essa composição antes, mas não consigo me lembrar.

— Arabesco nº 1 de Debussy — Edie diz ao terminar. — É mais fácil de tocar do que parece, mas não conte para ninguém.

Meu quarto de teto baixo e com vigas de madeira fica no mesmo corredor que o dela. Nós nos encontramos brevemente no banheiro, ela em seu vestido de linho azul-marinho, eu de terno, ela para arrumar o cabelo e passar um pouco de maquiagem, eu para ajustar o nó da gravata e limpar uma mancha antiga na lapela com uma flanela molhada.

Só temos tempo para uma conversa rápida e uma taça de prosecco com Elliot e Sibella no terraço do quintal da casa, onde eles fazem um brinde ao nosso recente sucesso.

— Será que ela tem mesmo o que é preciso para se dar bem? — Sibella pergunta, daquele jeito que só as mães podem.

— De sobra — respondo.

— Você vai cuidar dela, não é?

— Se ela precisar; mas não sei se ela precisa.

— O mundo é muito grande.

— Mãe... — Edie resmunga.

— É verdade — Sibella insiste. — E o sucesso sempre vem a um preço.

— É, pode acreditar na gente — Elliot entra na conversa com uma risadinha seca. Dou um sorriso engessado para essa amostra de autodepreciação (será que meu pai seria capaz de dizer essa frase uma vez na vida?), mas não totalmente à vontade para dar risada das aspirações frustradas dos meus anfitriões.

Elliot nos leva até o pub em um Golf superantigo, que é realmente ainda mais decrépito que o meu Peugeot, com alguns amassados impressionantes e um sistema de som da época em que as fitas cassete eram o máximo do entretenimento em carros. O vilarejo onde o casamento vai acontecer fica a dez minutos dali, descendo as alamedas manchadas de sol cheias de arbustos. É difícil imaginar um dia mais perfeito para se casar — quente, mas não a ponto de fazer alguém suar, e com nuvens fofinhas como algodão passando pelo céu como galeões com as velas enfunadas.

O noivo, Jeremy/Jez/Jezza (cabelo baixinho cortado a máquina e brinco de brilhante), deixou uma pilha de dinheiro atrás do bar no Royal Oak. Ele é o irmão mais velho da melhor amiga de Edie na infância, uma menina espalhafatosa com um cabelo chanel platinado chamada Trisha/Trish, cujo namorado, Richard/Rick/Dickster, é primo do primeiro namorado de Edie, Alex/Al, um cara nervoso, baixinho e bonitão que me oferece uma mão mole e um olhar hostil quando sou apresentado a ele no pátio na parte de trás do pub. Ele só começa a relaxar quando saca que Edie e eu não estamos juntos, apenas trabalhamos juntos.

É uma caminhada curta do pub até a igreja. Encontramos um lugar no mar de chapéus e conversas sussurradas. A noiva chega tarde como era de esperar, em um triunfo apressado e tão cheia de miçangas e excessos que uma fada não usaria aquele vestido nem morta. Os olhos de Edie ficam rasos d'água durante o primeiro hino religioso.

— Ela passou por uma época muito difícil quando éramos mais novas — ela sussurra para mim.

Uma grande comemoração se alastra pela igreja quando Jez finalmente beija o merengue com quem acabou de se casar, e cinco minutos depois estamos fazendo uma chuva de arroz para eles no jardim da igreja. É apenas o meu terceiro casamento, mas já sei que não é assim que vou me casar. Inevitavelmente, meus pensamentos se voltam para Clara. Às vezes, a gente falava como nos casaríamos. Clara imaginava algum lugar exótico, uma cerimônia humanista numa praia ou no alto de um penhasco com um punhado de amigos mais próximos como testemunhas, o que por mim tudo bem, apesar de que uma cerimônia com um número maior de convidados no cartório de Chelsea seguida por um banquete em um restaurante por perto teria ganhado meu voto também. Mas agora isso já não importa.

Aí é que está o negócio sobre casamentos: eles trazem lembranças à tona, e nem todas elas são boas. Eles também trazem problemas à tona. Olhando ao meu redor, vendo um monte de caras de vinte e poucos anos sem graça ao lado de suas namoradas, evitando os olhares que dizem "e a gente?". Também vejo Alex pegando um cigarro de fininho no pátio da igreja. Ele está encarando Edie de propósito, enquanto ela conversa compenetradamente com uma velhinha enrugada que se apoia sobre duas bengalas, e tenho a sensação não muito boa de que vou ter de ficar de olho nele mais tarde.

Edie mendiga uma carona para nós até o palacete no campo que virou hotel onde a festa vai acontecer. É uma casa enorme da era georgiana, com jardins maravilhosos. Não espero que ela fique cuidando de mim como uma babá, e ela claramente não está planejando fazer isso mesmo, e se perde na multidão do terraço na parte de trás de casa, procurando velhos amigos. Até que não é ruim ir a uma reunião social onde nunca vi ninguém mais gordo: não há ninguém a evitar e é possível sair andando num boa de uma conversa chata sem ofender ninguém demais. Eu fico andando por ali, seguindo o meu nariz, que me leva até o final do gramado e uma garota alta usando um chapéu de palha meio molenga, que está fumando um baseado atrás da escultura de um leão atacando um cavalo.

– Polícia – digo.

– Então quero ver o distintivo.

– Eu sou um agente secreto. Vou precisar disso aí como prova.

Ela me passa o baseado. Dou uma tragada.

– É, é de verdade mesmo. Você foi pega no flagra.

– E você também vai ser depois de mais dois tragos.

Ela não está brincando; aquele negócio tem a força de um elefante. Vinte minutos depois, quando um homenzinho ridículo vestido de arauto exige que todos se dirijam à tenda para o jantar, ainda não sei o nome dela, e não pergunto. Não quero estragar o momento.

Meu celular estava desligado desde quando entramos na igreja; agora eu o ligo de novo enquanto checo os lugares. Há uma mensagem de voz da minha mãe. Já sei de cara que ela estava chorando. O álcool provavelmente é o culpado pela fala confusa.

— Danny, meu queridinho, sou eu. Ligue quando puder. É importante.

Tento me lembrar da última vez que ela me chamou de "queridinho" e vejo um menino com o cabelo repartido de lado usando shorts de veludo cotelê verde. Uma mão gelada se fecha ao redor do meu coração. Se alguma coisa tivesse acontecido com Nigel — e, vamos falar a verdade, um ataque cardíaco ou um derrame não estão fora de questão, visto a maneira como ele vive —, ela teria dito. Não, isso é algo entre nós, algo que ela quer compartilhar em tempo real.

— Merda — resmungo.

— Você deveria ver quem está sentado ao meu lado — um velhinho brinca por sobre o meu ombro.

A comida e o vinho são excelentes, ao contrário dos discursos. O padrasto da noiva insiste em mencionar quanto a festa está custando a ele, Jez abandona suas anotações e dá um pouco de informação demais sobre como sua nova esposa é talentosa entre os lençóis, e então o padrinho e a madrinha optam por um ato ensaiado e em dupla com um monte de piadinhas infames — e o pessoal nem ri da maioria delas.

Edie me lança um olhar de desculpas, e fico pensando por que ela me convidou de verdade. Ela deveria saber que eu não partiria com tudo para cima de sua melhor amiga Trisha, que me olhou uma vez e disse a si mesma a mesmíssima coisa que eu disse a mim mesmo: não é mesmo o meu tipo.

Clara dançava como se estivesse em um transe, como se todas as forças da Mãe Natureza estivessem sendo canalizadas pelas solas de seus pés e animando seus membros. Infelizmente, eu peguei um pouco desse jeito de dançar: cabeça para trás, olhos fechados, braços erguidos, balançando como uma alga marinha levada pela corrente. Eu sei que não é legal, mas perdido entre os espasmos de um remix de balada de "Heroes", do David Bowie, faz perfeito sentido para mim. Estou ali. O resto do pessoal só está por perto. Então, me acompanhe se puder.

— Você está bem? — Edie berra no meu ouvido.

Abro os olhos e vejo que ela está levemente preocupada.

— Conheço outros passos de dança, mas estou guardando para o final.

— Muito sábio — observa ela sarcasticamente.

— Alguém disse certa vez "dance como se ninguém estivesse olhando".

— Mas tem gente olhando, sim.

É verdade, e tem mesmo. Tem até umas crianças me imitando.

— A imitação é a forma mais nobre de elogio — grito de volta, mais alto que a música.

— Quem disse isso?

— E eu sei lá? E daí?

É aí que percebo que estou bêbado, e que preciso de mais um drinque. Vou lá para fora com uma vodca com tônica do bar. É quase meia-noite na Espanha, mas tudo bem. Minha mãe é uma coruja; ela vai estar acordada, esperando que eu ligue de volta. Eu aperto o botão verde, e então imediatamente desligo. Estou sóbrio o suficiente (por muito pouco) para ter essa conversa, mas não quero, não agora. Não, o que eu quero fazer é passar outra noite como eu, como Daniel Wynne, filho de Michael Wynne e Ann Wynne (ex-Larseen), irmão da Emma, e não meio-irmão. O céu está iluminado pelas estrelas, mas posso sentir meu humor começando a escurecer, então volto para a tenda em busca de alguma distração. E ela chega na forma de uma mulher gorda e falante em um vestido de tafetá que se joga na cadeira ao meu lado. Ela está suando por causa de sua recente excursão à pista de dança.

— Você deveria estar ali — ela anuncia, se servindo de uma taça de vinho branco.

— Como é?

— Defendendo seu território. — Ela faz um gesto com a cabeça em direção à pista de dança, onde Edie está rodeada por três caras, e um deles é Alex.

— Nós não estamos juntos, só trabalhamos juntos.

— Que sem graça.

Eu não posso dizer que conheço o interior muito bem, mas cresci em Norwich, uma cidade rodeada por pedaços de campos, então tenho segurança em dizer que o pessoal do interior é muito diferente do povo da cidade. Não se trata de nada óbvio como ter uma espingarda ou duas enfiadas debaixo da cama; é a maneira como eles passam o tempo, e como ganham a vida. Você conhece gente que ganha a vida cavando valas ou arrumando telhados ou reconstruindo muros de pedra ou castrando gado ou consertando máquinas de fazenda ou vendendo fertilizante. A profissão de Barbara no vestido de tafetá é cuidar dos cavalos dos outros no estábulo dela, apesar de também criar cavalos. É assim que ela preenche suas horas, como ela enche o tanque de seu "Land Rover coberto de merda". Ela é uma amiga próxima da mãe da noiva. Ela também ensinou Edie a andar a cavalo, "muitas luas atrás".

— Não me diga: ela nasceu sabendo.

— É claro. As coisas sempre vêm fáceis para a Edie. A não ser... — ela desconversa.

— O quê?

— Eu não deveria me meter nisso.

Enfio a mão no meu paletó:

– Eu pago.

Barbara sorri.

– Fique com o seu dinheiro, essa é por minha conta. – E então, depois de tomar um gole de vinho: – Uma palavra. Amor.

– Amor?

– Ela sempre procura o amor no lugar errado.

– E onde é o lugar certo?

– Onde quer que seja que você não está procurando. – Fico pensando nessas palavras de sabedoria. – Não precisa fazer essa cara de impressionado – ela diz. – Eu li isso na *Cosmopolitan*. Aquela revista só tem abobrinha. Umas coisas do tipo: "Você é uma mulher vermelha, azul ou verde?".

– E qual delas você é?

– Eu? Eu sou uma mulher casada e feliz, que também já foi divorciada e feliz duas vezes, então o que é que eu sei?

– Mais do que você está me dizendo, eu suspeito.

Ela dá de ombros para o meu elogio.

– Você é homossexual?

– Você promete não me linchar se eu disser "sim"?

Ela fica escandalizada.

– Desculpe aí, mas nós não somos tão atrasados quanto vocês, mocinhos da cidade, acham. Na verdade, nós somos bem liberais. Temos de ser. Não tem como guardar segredo em um lugar como este.

– Não, não sou homossexual.

– Então por que você não está lutando por ela? – Mais um aceno de cabeça para a pista de dança. – Olha só para ela. Não me diga que não consegue ver. Ela é arrebatadora, e essa não é uma palavra que eu usaria para muitas pessoas.

– Eu passo o dia todo no escritório com ela. Você conseguiria morar e trabalhar com a mesma pessoa?

– Ah, seu romântico à moda antiga!

– Você conseguiria?

— Você não a merece, se pensa assim.

— Você conseguiria?

Ela ignora a pergunta de novo.

— Então você tem de encontrar uma maneira de fazer isso dar certo, ou aprender a viver arrependido. — Ela pousa a mão sobre o meu antebraço. — Emprego nenhum dura a vida inteira, mas um amor pode durar.

— Revista *Cosmopolitan* de novo?

— Não, acho que foi na *Grazia*.

As coisas começam a dar errado no momento em que o marido de Barbara a leva embora para conhecer alguém. Desesperado para mijar, estou seguindo para a saída quando vejo Edie fazendo um gesto para que eu vá dançar com ela, um convite que não cai muito bem com Alex, pelo que vejo na cara feia dele. Faço um sinal de que volto logo, mas nem pensei que haveria fila no banheiro masculino, e demoro pelo menos uns dez minutos para voltar. A primeira coisa que vejo ao entrar na tenda é Edie dando as costas para Alex e o cara a agarrando pelo braço e a puxando com tudo. Antes que eu me dê conta, estou ao lado deles na pista de dança.

— Está tudo bem?

Edie parece mexida, nervosa:

— Tudo bem.

Alex parece bêbado e a fim de provocar:

— Tudo ótimo.

— Não, não é nada ótimo — emendo. — Colocar as mãos sobre uma mulher assim.

— Ela nunca teve problemas com as minhas mãos antes.

É uma frase horrível, convencida, sugestiva, possessiva, e posso sentir que estou crescendo para cima dele.

— Dan, deixa pra lá — Edie diz.

— É, Dan, deixa pra lá — Alex dá uma risadinha sarcástica. — Na verdade, por que você não some daqui?

— Vai brincando, seu veadinho.

Ele dá um passo para trás.

— Eu sou faixa preta de caratê.

— Olha só a manchete: "Descoberto baixinho que gosta de artes marciais".

Por um momento preocupante acho que posso ter julgado mal o cara, mas ele não se arriscaria a arruinar o dia especial de Jez e Amy com uma briga na pista de dança. Ele dá meia-volta e sai pisando duro.

Edie parece horrorizada.

— Não acredito que você fez isso.

— O quê? Então eu deveria ter esperado até o cara te bater um pouco?

Ela sai correndo atrás de Alex. Vou para o bar e acabo passando por Barbara. Ela obviamente testemunhou o que aconteceu, porque pisca para mim e diz:

— Agora, sim.

A viagem de táxi de volta para a casa dos pais dela é de quinze minutos de um silêncio congelante. Edie só fala depois que pago o motorista e entramos na cozinha pela porta dos fundos.

— Saideira? — Ela pergunta.

— Por que não?

Estou ferrado, então é melhor acabar logo com isso e limpar o ar para poupar os pais dela de qualquer tipo de tensão amanhã. Ela tira uma garrafa de Armagnac de algum lugar e nos largamos à mesa da cozinha.

— Edie, me desculpe.

— É meio tarde para pedir desculpas.

— Elas tendem a vir depois do acontecido — tento argumentar.

— Não era nada que eu não conseguisse resolver. E com certeza eu não precisava que você se transformasse no Rambo.

— Não gostei dele puxando você daquele jeito. Não consegui me controlar.

Ela faz que não com a cabeça.

— Eu não deveria ter convidado você.

Isso me machuca. Posso sentir o cabelo na minha nuca se eriçar.

— É, mas nós dois sabemos muito bem por que você me convidou.

— Ah, sabemos?

Eu só percebi agora no táxi: eu sou a isca para atrair atenção para longe dela e do Tristan. Ouvi fofoca no escritório ontem sobre nós dois passando o fim de semana juntos.

— Foi ideia sua ou do Tristan? — Pergunto.

— Do Tristan? O que o Tristan tem a ver com isso?

É uma performance bem convincente, e tomo um gole lento de Armagnac, esticando o silêncio.

— Deixa pra lá.

— Não. Quero saber o que você quer dizer com isso. Pode falar.

— Bom, eu não tinha certeza sobre você e ele antes, mas agora tenho.

Estou esperando uma luta até a morte, mas ela desiste quase imediatamente, não com palavras, mas com um suspiro comprido e olhos que não podem olhar nos meus.

— Não estou julgando você, Edie.

— É, não faria muito sentido vindo de um cara que transou com a irmã da namorada.

Tenho vontade de dizer uma coisa que ela nunca vai esquecer ou pela qual nunca vai me perdoar, então espero um pouco antes de responder:

— Você pode jogar essa na minha cara se for te ajudar a se sentir melhor.

Ela deixa a cabeça cair.

— Não. Meu Deus, que vaca.

Estico a mão e aperto a dela.

— Não precisamos falar sobre isso agora. Na verdade, acho que não deveríamos.

— Mas e se eu quiser?

— Pense sobre o assunto esta noite. Minha cabeça está a mil, com coisa de família, não isso.

— Nada sério, espero.

— Não — minto.

Seguimos caminhos separados na melancolia ao pé da escada porque quero ver como o Doggo está na sala de estar.

— "Descoberto o baixinho que gosta de artes marciais" — ela diz.

Consigo enxergar o sorriso dela.

— Você gostou dessa, foi?

— Na hora, não. — Ela planta um beijo inesperado na minha bochecha. — Obrigada por me defender.

— Um dia ainda entendo você — falo enquanto Edie sobe as escadas.

— Não tenha tanta certeza disso — ela responde da escuridão.

Doggo está dormindo no sofá da sala. Ele se mexe quando me aproximo.

— Ei, Doggo, e aí? — Jogo-me no sofá ao lado dele. Posso sentir as pontas das orelhas dele meio gastas, o que comprova que Elliot e Sibella cumpriram a promessa de levá-lo para uma boa caminhada pelo campo. — Acabaram com você, hein?

Doggo vem me seguindo enquanto vou saindo da sala, e então late quando fecho a porta com ele lá dentro — e então late mais duas vezes.

— Shhh! — Digo, abrindo uma frestinha de porta. Ele se enfia pela fresta e vem para o corredor, abanando o rabo peludo e me olhando com aqueles olhos tristes.

— Você quer companhia? Tá, mas só desta vez.

Doggo dorme. Eu, não. Fico ali deitado de barriga para cima, sentindo o peso dele sobre o edredom contra a minha coxa. Ele deve achar isso tão tranquilizador quanto eu, pois, quando mexo a perna, ele se mexe também para manter contato. De repente penso que talvez ele estivesse acostumado com isso — dormir na cama com seu ex-dono — e só agora se sentiu confortável o bastante comigo para exigir o mesmo. Ele treme e dá um ganidinho, sonhando. Sobre o quê? Sua vida passada?

É estranho como eu ainda não tinha parado para pensar nisso antes. O que eu sei sobre o passado dele? Só o que Clara me contou: que ele não era um cachorro de rua, que tinha vindo de uma casa boa, de um lar feliz. Isso faz sentido. Ele não demonstra ter sofrido nenhum trauma. Ele não é um cachorro carente, uma daquelas criaturas irritantes que tremem com a ansiedade de receber qualquer migalha de atenção. Sim, ele gosta de ganhar um carinho, mas também sabe mandar aquele olhar cortante quando acha que já é o suficiente. E eu o respeito por isso. Ele é um carinha decidido, senhor de si, mas nunca a ponto de ser arrogante, é ciente de sua inteligência, mas não a ponto de se exibir, e é docemente iludido pela imagem que acha ter no mundo. Se eu tivesse de escolher um personagem da literatura para comparar a ele, seria Hercule Poirot.

Hercule. Finalmente! Um nome que combina com esse carinha. E com a pronúncia em francês, não em inglês. Hércules evoca imagens do herói grego e seus doze trabalhos, seus feitos de coragem e força — duas características que não associo imediatamente com o Doggo. *Hercule.* Sim. Mas ainda não tão bom quanto Doggo.

Pouso a mão levemente sobre ele para não acordá-lo. O calor e o subir e descer lento e hipnótico do peito dele rapidamente me levam para o mesmo lugar para onde ele foi.

CAPÍTULO DEZESSEIS

Tomamos café da manhã a uma luz do sol ofuscante no terraço da parte de trás da casa. Fico exausto, não só por causa da quantidade de comida, mas por causa da conversa, que é variada, animada e até mesmo argumentativa. Elliot lê matérias dos jornais de domingo e espera-se que todo mundo reaja a elas. Mais um ataque de *drone* no norte do Paquistão acabou com um bando de inocentes. O que achamos dos *drones*? A guerra contra o Talibã é mesmo uma guerra? O que define uma guerra justa? Ou será que existe mesmo guerra justa? O que achamos da falta de humanidade do homem em relação ao homem?

– E aos animais – diz Sibella, uma vegetariana, apesar de não parecer ter problema com o restante de nós empilhando bacon, salsichas e chouriço no prato.

Eles fazem mais café. A conversa se vira para mim. Não é bem um interrogatório, mas quase. Não sei por que faço isso – quer dizer, eu mal conheço essa gente –, mas acabo contando o que meu avô me disse no asilo, a negação muito rápida da minha mãe, e a mensagem de voz misteriosa que ela me deixou ontem à noite.

– Não deve ser nada – é o veredicto de Edie.

Sibella faz cara feia.

– Coitado de você.

Dou de ombros, tentando deixar o clima mais leve.

— Não é tão ruim assim. Vocês não conhecem o meu pai.

— Nem você, pelo jeito — Elliot comenta.

— Pai!

— Só estou tentando fazer uma brincadeira.

No canto do jardim fica um banco caindo aos pedaços com o encosto apoiado à parede de tijolos tomada por uma roseira prestes a florescer, cheia de botões gordos. Meus olhos absorvem todos os detalhes, forensicamente, como um detetive visitando a cena do crime pela primeira vez. Esse é o local onde o mundo que eu conheço até agora está prestes a mudar para sempre, e é bom ter Doggo sentado ao meu lado no banco.

Nigel atende depois de o telefone tocar várias vezes.

— Espere um pouco, menino, ela está aqui — diz ele lentamente com um sotaque aristocrático falso. Consigo perceber que eles estão do lado de fora, provavelmente à beira da piscina, torrando sob o sol espanhol.

— Danny. Finalmente. Você recebeu a minha mensagem?

— Desculpe, meu celular estava desligado, eu estava num casamento.

Ela quer saber de quem foi o casamento, e onde estou em Chilterns exatamente, e se isso quer dizer que há algo cozinhando entre mim e Edie. As perguntas dela não dão sinal de nenhum preâmbulo dramático nem a impressão de que está se preparando para abordar o item verdadeiro e complicado da nossa agenda. Ela parece realmente curiosa, conversadeira e no final eu é que tenho de lembrá-la:

— Mãe, você disse que era importante.

— Ah. Sim. É, sim. Não consigo achar meu calendário de aniversários e sei que o da Alice está chegando. Emma vai me matar se eu esquecer de novo.

Não respondo.

— Danny, você está aí?

— Você parecia nervosa.

— Nervosa?

— Na mensagem. Como se você estivesse chorando.

E acontece que ela tinha chorado mesmo, pois havia acabado de receber a notícia de que uma velha amiga tinha perdido a batalha contra o câncer de mama.

— Você se lembra da Pat Connelly.

Vagamente. Vejo um rosto largo e uma cascata de cachos pretos da minha infância.

— Estou esperando para saber quando é o enterro. Talvez a gente possa almoçar juntos quando eu estiver por aí.

— Claro, claro.

— Nossa, fiquei emocionada com o seu entusiasmo — ela brinca.

Não consigo contar a verdade para os outros. Eles vão achar que sou paranoico (sou mesmo?) ou, pior ainda, alguém que fica imaginando coisas. Eu não chego a contar uma mentira, mas não é nada de mais também.

— Ela está vindo para cá em breve. Ela quer almoçar comigo.

— Ela só disse isso? — Sibella pergunta, de olho em mim.

— Só.

— E não deu para sentir se você tem razão ou não?

— Sib, deixe o coitado do menino em paz — Elliot diz. — Você não está vendo que ele não quer falar sobre isso?

— Mas quis falar sobre isso antes.

Edie lança um olhar mortal para a mãe. Sibella deixa para lá, mas posso ver que ela ficou desconfiada.

Eu disse à Edie para pensar no assunto durante a noite e ela pensou. Não podemos mais tocar no assunto "Tristan". Estamos quase chegando a Londres quando eu finalmente o trago à tona.

— O que posso dizer? Isso é o que é.

— Edie, ele é casado.

— Casado e infeliz. E você disse que não ia me julgar.

– Não estou julgando você, eu só estou... Não consigo encontrar a palavra.

– O quê?

– Não sei. Preocupado, acho.

– Mas não precisa ficar.

E é isso. Fim de papo.

CAPÍTULO DEZESSETE

É bom ter Ralph de volta ao leme. Sim, há algo vagamente ridículo nele, um quê de Capitão Jack Sparrow, mas ao menos inspira respeito, ao contrário de Tristan, que o exige. Estou de olho no Tristan agora. Não que fosse possível ignorá-lo antes, mas eu conseguia deixar o cara de escanteio. Mas não mais, não desde que confirmei o caso dele com a Edie. E posso ver que ele não está feliz em ter que jogar como reserva de novo; posso ver nos olhos dele enquanto Ralph passa o briefing para a gente sobre a conta do Vargo.

O Vargo é um novo carro *hatchback* da... bom, vai saber; ainda não podemos saber qual dos três grandes fabricantes de carros franceses é responsável por ele. O convite para fazer um pitch de um comercial para a TV chegou por meio de uma consultoria de marca e marketing, cujo cliente deseja que as agências competidoras abordem o tema sem nenhuma preconcepção, com nada a não ser os méritos do carro para criar alguma coisa. Só há um problema: os tais méritos ficam dentro do Vargo, um carro que pode ser mais bem descrito como intencionalmente feio — e mais parece uma caixa com o nariz arrebitado que não tem nada a ver com as tendências de design automotivo de hoje. Sim, ele é bem econômico e vem com um monte de instrumentos legais no modelo básico, mas é uma aberração, um monte de metal deselegante que simplesmente leva passageiros do ponto A ao ponto B.

— Quem gostaria de comprar esse carro? — Ralph pergunta.

— Pois é: quem? — Tristan rebate.

— Algum idiota com mais dinheiro que bom-senso — Megan sugere.

Somos onze ao redor da mesa de reuniões: os três times de criação, Patrick, alguns outros executivos de conta (Damien e Lotty), além de Ralph e Tristan. Um comercial de TV para o lançamento de um novo carro seria um avanço e tanto para uma agência pequena como para a nossa, mas Tristan acha que não deveríamos nos envolver. Ele está convencido de que o Vargo está fadado não apenas ao fracasso, mas também ao ridículo. Será que queremos mesmo ser associados com um negócio desses?

— Ah, isso é bobagem derrotista! — Ralph dá risada. — Qualquer um é capaz de vender uma BMW série 5, é só seguir o que já foi feito. Mas a pessoa que encontrar um mercado para essa merda de carro... Bom, é assim que se constrói uma reputação duradoura. Se conseguirmos, vamos ter dinheiro para torrar até a aposentadoria.

Há um toque nervoso nas risadinhas que se espalham ao redor da mesa, porque a cara feia de Tristan diz tudo.

— "Se" é a palavra principal aqui. Eu ainda acho que isso pode nos envenenar.

— Objeção devidamente anotada — Ralph diz. — Quero ver todos vocês trabalhando nisso. Quero as respostas na quarta da semana que vem, por favor.

A patada pública que Tristan recebeu é fonte de uma discussão animada quando todo mundo se reúne ao redor da mesa de sinuca no departamento de criação. Eu me vejo dando razão para o cara, principalmente por causa da Edie, porque não pode ser fácil ver o cara com quem se está dormindo sendo transformado em vilão com tanta satisfação pelos seus colegas. Mais tarde, quando estamos sozinhos na nossa sala, Edie diz que não precisa que eu defenda Tristan, apesar de ela não poder.

Não gosto de ver minhas boas intenções serem criticadas assim.

— Que tal você dizer o que quer que eu diga e eu vou lá e falo?

— Ou você poderia simplesmente dizer o que acha de verdade.

— Você não quer saber o que eu acho de verdade.

A verdade é que, apesar do que eu disse a ela antes, eu a julgo, sim. Não moralmente, mas no quesito "gosto".

— Você só enxerga um rosto — Edie diz.

— Quantos ele tem?

— Vai se ferrar, Dan.

Doggo late de repente do sofá, como se tivesse sentido a tensão e estivesse chamando a nossa atenção. Olhamos de relance para ele, e então um para o outro, e sorrimos. É bom ter uma desculpa para deixar essa discussão para lá.

— Talvez você mude de ideia sobre ele depois do almoço de amanhã.

Eu tinha me esquecido completamente até Tristan mencionar o almoço mais cedo. Ele reservou uma mesa para nós em uma nova *brasserie* pretensiosa em Covent Garden, o que é um saco, porque não esqueci que prometi pagar, e acho que ele também não esqueceu.

É uma mesa ótima bem no meio do restaurante, um banco acolchoado para dois. Eu fiz questão de reler o capítulo que Tristan me deu, e não há como negar: o cara sabe escrever. O tom é usado de maneira perfeita. Há uma leveza no toque, mas nada tão superficial que mine a autoridade da mensagem dele.

Tristan parece sinceramente grato pelos elogios, e fica entusiasmado com o subtítulo que criei: *Des-Gestão: a ciência do menos é mais para grandes negócios.*

— Eu tinha me decidido pela palavra "teoria" — ele me diz. — Mas "ciência" é ainda mais forte.

Ele também gosta da frase "grandes negócios", porque é o público com quem ele acha que está falando.

Nossa comida chega ridiculamente tarde, mas ele é muito bonzinho com a nossa garçonete medrosa. Ele sabe que a culpa não é dela, mas da cozinha. Fico sabendo que ele pagou a faculdade trabalhando como garçom, e estou começando a gostar dele, começando a entender o que a Edie vê nele, quando ele me fala uma coisa. Bem direto como sempre, mas, mesmo pelos padrões dele, é uma frase e tanto:

— Se você comer a Edie, eu te demito.

— Oi?

— Você me ouviu. A Edie.

— Tenho de admitir que nunca li as letras pequenininhas. Isso está no meu contrato?

— Não precisa fingir — ele diz com um sorriso tenso. — Eu sei que você sabe sobre nós.

— Bom, agora eu sei.

— Mas já sabia. Ela deixou escapar durante o fim de semana, ou você finalmente arrancou a informação dela. Não importa como aconteceu. O que importa é que estou falando sério.

— Tristan, eu não quero dormir com ela.

— É claro que quer. Todo mundo quer.

— Duvido que o Patrick queira.

Ele não gosta da minha tentativa débil de humor.

— Estou falando sério. O que a mão direita dá, a esquerda pode tirar.

— Não sem o consentimento do Ralph — respondo sem força.

— O Ralph não está em posição de discordar.

— Ah, é?

Tristan saboreia um gole de café.

— Vamos dizer que a Indology vai chegar lá, mas não necessariamente com o Ralph.

— E isso quer dizer que...

— Quer dizer que ninguém mais pode saber disso, só você.

Eu tinha subestimado o Tristan, sua autoconfiança excessiva, sua sede de poder. Ele não quer apenas um lugar à mesa; ele quer se sentar à cabeceira. E, se havia alguma dúvida, agora ele começa a falar sobre a estrutura antiquada da empresa e sobre a visão dele de uma organização mais relaxada e enxuta, mais como uma cooperativa, em que os profissionais-chave detêm ações da empresa. Enquanto ele fala pelos cotovelos, fico pensando se foi a mesma oferta que ele fez à Edie: venha voar pelo céu comigo e, ah, enquanto isso, ganhe dinheiro também.

Ele não se esqueceu de que o almoço é por minha conta e, assim que peço a conta, vou ao banheiro. Não preciso mijar de verdade; só quero privacidade para mandar uma mensagem de texto para Edie: *Cuidado! Ele sabe que eu sei.*

Tristan está lá embaixo, aguardando a minha resposta. Ele não fez uma proposta com todas as letras, mas está na cara que ele está adocicando as ameaças com promessas, comprando meu silêncio a respeito de Edie e meu apoio contra Ralph. Estou atordoado com o comportamento dele. Será que ele não se importa de eu saber que ele é um marido infiel? Não se isso ajuda a me levar para o lado dele. Será que ele não se importa com o que as pessoas da área vão dizer sobre ele tentar expulsar Ralph da empresa? Não se ele conseguir dar esse golpe. É impressionante testemunhar esse tipo de ambição cega em ação, mas é cega mesmo assim.

Eu me sinto quase insultado pela maneira como ele me julgou. Ele não sabe que ando desencantado com a área, procurando uma saída, mas será que ele não parou, nem por um momento, para pensar que eu poderia lutar contra ele por uma questão de princípio? Mas o que me pega mesmo é que, se ele está pronto para me destruir, então está pronto para destruir Edie também. E jamais vou deixar esse cara fazer isso.

Ao voltar para a mesa, olho de relance para a conta à minha espera.

— Pode contar comigo — digo.

— Muito bem.

Ele sorri, e eu só quero dar um soco naqueles dentes perfeitos.

Edie não está por ali quando Tristan e eu voltamos do almoço. Ela e Anna levaram o Doggo para ganhar um presente. Pelo jeito, o novo carteiro aprendeu mais alguns nomes e ganhou uma recompensa como resultado. Quem me conta isso é Josh, que me interrompe enquanto passo pelo departamento de design.

— O mais estranho é que ele sabe o nome da Megan, mas mesmo assim não entrega nada para ela.

— Vai entender. — Eric dá uma risadinha de sua mesa.

Josh fez uma primeira tentativa da tirinha que mencionei a ele na semana passada. Isso não tem nada a ver com trabalho; é só uma velha ideia minha que venho reciclando na mente há um tempo.

— Josh, isso é genial.

— Hum, não... Está faltando alguma coisa.

Josh não é exatamente um artista frustrado; ele é um artista muito bom que descobriu (e com razão) que a única maneira de conseguir um financiamento é ter um emprego com salário. O negócio dele é pintura a óleo, mas ele também é um cartunista talentoso, algo que só percebi quando o vi rabiscando em um bloco de papel durante uma reunião.

Ele captou a ideia em três quadrinhos habilmente ilustrados. O primeiro mostra um bebê em um cadeirão com os pais um de cada lado, dando comida para ele. O bebê está tentando falar: "M-m-m-m...". "A primeira palavra dele vai ser 'mamãe'!", declara a mãe, feliz da vida. No segundo quadrinho, o bebê gagueja "D-d-d-d...", e o pai está extasiado: "Não, vai ser 'papai'!". No terceiro e último quadrinho, o bebê berra: "McDonald's!".

— Não tem nada faltando — digo ao Josh. — Está perfeito.

Tudo está perfeito: a comida saindo num jato da boca do bebê no terceiro quadrinho, sua expressão de pura alegria, o olhar de rejeição total dos pais, tudo isso expresso com poucos riscos de caneta. Eric acha que deveríamos mandar a tirinha para um jornal ou revista, e quem sabe a *Private Eye*. Josh veta a ideia, apesar de não totalmente. A tirinha pode ser publicada quando ele estiver satisfeito com ela.

O presentinho que Doggo ganhou das meninas é uma tosa seguida de banho e com direito a secador em um pet shop perto da Charlotte Street. Ele nunca ficou tão bonito e sabe disso, desfilando pelo escritório ao voltar, a cabeça erguida, só recebendo os elogios. Sinto uma ponta de possessividade. Fico feliz por ele ter conquistado a afeição dos outros nas últimas semanas, mas não posso deixar de pensar que nosso próprio relacionamento está começando a sofrer como resultado. Ele até mesmo se nega a ter uma das nossas lutinhas no sofá, provavelmente porque não quer eu estrague seu novo penteado. No entanto, a irritação dele não é nada comparada à de Edie, que se revela no momento em que estamos sozinhos na sala.

— Não acredito que você falou para ele que sabia sobre a gente! — Ela está falando do Tristan e da mensagem de texto que mandei para ela do restaurante.

— Eu não falei para ele.

— E eu com certeza também não contei.

— Edie, calma. Ele adivinhou. Não sei como. E, de qualquer forma, ele não pareceu se importar muito com isso.

— Até parece. Ele fica paranoico com medo de os outros descobrirem.

— Bom, ele não precisa se preocupar. Nem você. Não vou contar para ninguém.

Ela se larga na cadeira à sua mesa com um suspiro.

— Odeio o fato de você saber. Agora você vai ficar me vigiando como um falcão.

— Então você não deveria ter me contado.

— Eu não contei! Você arrancou isso de mim.

— Até parece. Você se dobrou sem nem mesmo protestar.

— Verdade — ela diz. — Já não sou mais a mesma.

CAPÍTULO DEZOITO

Fico sabendo quando Ralph aparece por sobre o meu ombro e me pede para segui-lo. É uma caminhada curta da nossa sala até a sala de Megan e Seth, onde se torna mais clara a razão para a cara feia em silêncio de Ralph.

Está no carpete, ao lado da mesa de Megan.

– Ah – digo, me agachando para examinar.

– É merda de cachorro – Megan fala, lançando um olhar furioso para mim da segurança de sua poltrona.

– Você tem certeza?

– O que, você acha que foi o Seth quem fez?

Lanço um olhar inquisitório para Seth, que ergue as mãos em um gesto de inocência.

– Quando foi?

– Estava esperando a gente quando voltamos da nossa reunião com a Marks & Spencer.

– Eu pensei que Clive e Connor estivessem trabalhando na conta da M&S.

Ralph finalmente quebra o silêncio.

– Não mude de assunto, Dan. Esse tipo de coisa é inaceitável.

– É contra as regras de saúde e segurança – Megan berra. – Só Deus sabe os micróbios mortais que isso aí deve ter.

Não consigo não rir.

— Micróbios mortais?

— Pode procurar no Google se você não acredita em mim.

— E você procurou no Google antes ou depois de dedurar para o professor?

— Fico muito ressentida com isso. — Megan olha para Ralph em busca de apoio, e consegue.

— Minha sala — ele diz para mim. — Cinco minutos. — Ele aponta vagamente na direção do cocô de cachorro. — E limpe isso.

Sempre carrego alguns saquinhos no bolso de trás e, quando me agacho para fazer o que é preciso, percebo que há algo de errado. Acontece que agora eu conheço o cocô do Doggo bem intimamente e, apesar de ter mudado de cor e de textura nas últimas semanas, com cada vez mais gente do trabalho dando biscoitinhos para ele, quase não há variação na consistência essencial da coisa: densa e mais seca que mole. O conteúdo de umidade na pilha à minha frente parece anormal e suspeitosamente alto.

— O que você está esperando? — Megan pergunta. O rosto dela é uma máscara de nojo, mas também há um brilho de animação e triunfo em seus olhos.

Ela não fez isso! Ela não poderia ter feito! Mas fez. Como ela conseguiu trazer isso até aqui sem estragar nada? É uma pilha perfeita, recém-saída do "forno". A resposta vem quando a minha mão, protegida pelo saco, a envolve. Está gelado, gelado demais, nem mesmo à temperatura ambiente.

Fico chocado com a atitude inflexível de Ralph.

— Sinto muito, mas ele vai ter de ir embora.

— Ralph, não é nada, é um incidente e só aconteceu uma vez. Você não pode estar falando sério.

— A Megan está decidida.

— E não é só isso.

— Cuidado com o que vai falar, Dan.

Essa estranha afeição de Ralph por Megan vem de uma longa história. Ela foi a primeira pessoa de criação que ele recrutou na última agência que tinha, e então me seguro para não dizer a ele o que acho de verdade: que Doggo não é o problema aqui, ele é simplesmente uma desculpa para a Megan me atingir. Na verdade, sou eu quem ela não quer ver por perto.

— Não vai acontecer de novo.

— Você não pode prometer isso — Ralph diz. — E outra coisa. Tecnicamente estamos forçando a barra do nosso contrato de aluguel com um animal por aqui.

— Mas não era um problema antes.

— É porque a gente não sabia antes.

— Não me diga: Megan achou isso no contrato.

— Não importa quem viu isso no contrato. O proprietário tem o direito de nos expulsar e ficar com o depósito. Você gostaria de pagar pela nossa relocação?

Agora já conheço bem o Ralph — quando ele decide, não muda de ideia — e estou seriamente preocupado.

— Mas ele é um bem valioso aqui, ele é bom para o escritório. As pessoas adoram tê-lo por perto. Até mesmo Margaret mudou de ideia.

— Eu sei. E é por isso que isso tem de acontecer agora, antes que as pessoas fiquem ainda mais apegadas a ele.

— Agora?

— Até o fim da semana.

— Mas isso é amanhã.

— É, sim.

Faço meu apelo final.

— Você não pode fazer isso com ele. Ele voltou à vida desde que começou a vir aqui. Isso vai acabar com ele.

— Dan, fala sério. Ele é um cachorro, ele vai ficar bem.

Mas sei que ele não vai ficar. Doggo vai ficar arrasado, e eu também. Ele é mais que uma presença agradável no meu dia, uma distração divertida; ele virou parte da minha mobília pessoal. Fico tentado a dizer "se ele for embora, então eu também vou", mas só estarei fazendo exatamente aquilo que Megan quer, e minha história com ela ainda não acabou nem está perto de acabar. Quanto ao Ralph, olho para ele e me lembro do que Tristan me disse em segredo no restaurante outro dia, e penso: "Você pode ter acabado de assinar sua própria garantia de morte, seu velho filho da mãe".

Edie fica brava de verdade quando conto tudo a ela. Ela diz que vai contar tudo a Tristan (algo que ela não poderia ter dito para mim uma semana atrás).

— Talvez você nem precise.

Explico minha teoria sobre Megan plantando a merda ali para incriminar Doggo.

— Meu Deus. — Ela fica de queixo caído. — É o Cocôgate.

Fazemos questão de ficar trabalhando até tarde para sermos os últimos a deixar o departamento de criação. Edie tem a ideia de filmar a busca com o celular dela.

— Ação — ela diz.

O lixo na pequena cozinha tem uma tampa daquelas de vaivém. Encontro o que estava procurando escondido lá no fundo — um pote de plástico. Há apenas uma pequena quantidade de resíduo lá dentro, mas o cheiro de merda é inconfundível. Como prova de um crime cometido, qualquer advogado de defesa de respeito teria destruído o recipiente em mil pedaços, mas isso só confirma minhas suspeitas além de qualquer dúvida: esse é o pote no qual Megan transportou o cocô congelado de cachorro para o trabalho. Sim, congelado. Foi assim que ela garantiu que o cocô mantivesse seu formato original e sua integridade em trânsito. Estou usando luvas cirúrgicas (compradas na John Lewis na Oxford Street) ao tirar o contêiner da lata de lixo e colocá-lo em um saquinho vedável para freezer (também comprado na John Lewis).

— Corta! — diz Edie, baixando o celular. Não sei se ela só estava brincando até ela sorrir para mim. — Está difícil me acompanhar?

Nós três vamos caminhando para a Oxford Circus quando Edie pergunta o que vou fazer mais tarde.

— Eu acho que nós deveríamos ensaiar o que você planeja fazer com a Megan amanhã.

— Hoje eu tenho futebol, seis de cada lado, em Westway.

— Você joga bem? — Ela pergunta.

— Não muito.

— Então não vão sentir a sua falta se eu me oferecer para fazer um jantar para você no meu apartamento.

— Eu ficaria surpreso se eles percebessem.

Não é verdade. Seis contra cinco não é muito divertido, mas eles vão ter de se virar.

Eu estava errado sobre o apartamento de Edie ser uma meca do chique minimalista. Parece que o lugar foi assaltado. Há roupas espalhadas no chão e livros empilhados em cada canto. Acontece que, quando Douglas foi embora, ele levou a maior parte dos móveis consigo: guarda-roupa, cômoda, criados-mudos e estantes de livros. Nós dois sabemos que é uma desculpa esfarrapada para essa bagunça toda. Doggo está no céu, cheirando tudo. Cá com meus botões fico pensando se ele detectou o cheiro secreto de Tristan.

Edie abre uma ótima garrafa de Burgundy branco e então me mostra como fazer um *risotto alla Milanese*.

— Você sempre tem tutano fresco e caldo de galinha caseiro na geladeira?

— Por quê? O que você tem?

— Leite. Manteiga. Eu como fora bastante.

— Com o Doggo?

— Há um lugar ótimo com mesas na calçada perto do meu prédio. Agora eles já conhecem o Doggo.

— Então você não tem vida social? — Ela pergunta com um sorriso levado.

— Na verdade, sim.

— Conte para mim sobre os seus amigos.

É assim que começa, e é assim que continua, eu mexendo com a colher de pau enquanto Edie vai colocando o caldo de galinha com uma concha. Ela é uma boa ouvinte, talvez boa demais. Há algo evasivo no interesse dela, uma sensação de que as perguntas são feitas especialmente para que eu continue falando sobre mim, ou sobre qualquer outra coisa a não ser ela mesma. Cinco anos não é nada, mas de repente parece muito. Aos trinta anos, mais ou menos, a maioria dos meus amigos está se dando bem na área que escolheram, certos de suas escolhas, levando sua carreira à frente. É Edie quem aponta a diferença. Ninguém que ela conhece já conseguiu fazer acontecer, pelo menos ainda não.

— Tudo vai mudar quando você receber um prêmio D&AD no ano que vem pela campanha do SWOSH!

— Até parece — ela responde, cética.

— Um dia vai acontecer.

— E qual é a sensação?

— Quem não quer um pouco de reconhecimento? Não é também como se a gente trabalhasse em uma instituição de caridade. É uma sensação boa.

Ela sente a minha hesitação.

— Mas?

— É uma coisa sem importância, uma razão para gente que você nem conhece querer que você quebre a cara.

— Fodam-se eles.

Sorrio.

– É isso mesmo. Você vai longe.

– Com você, eu espero – ela diz.

Isso me surpreende. Será que ela detectou meus receios sobre a área em que trabalhamos?

– Não vejo por que não.

– Eu vejo – ela responde.

– Ah, é?

– Ah, é? – Ela me imita perfeitamente.

– Edie, não sei do que você está falando.

Ela coloca a concha sobre o balcão e me olha direto nos olhos.

– Consegue, sim. Ele está entre a gente. Diga que estou errada. Melhor ainda, diga o que tenho de fazer.

De repente me sinto sem ar, tonto. Não estou preparado para isso. Já pensei na situação, tudo bem, mas nunca nem por um momento pensei...

– Termine com ele – falo.

– Terminar?

– Diga que acabou.

Os olhos dela levemente anuviados são o primeiro sinal de que entendi errado – ou melhor, de que não entendi nada.

– Eu estava falando do Gordo do Trev – ela esclarece. – Eu pensei... – Ela perde a voz. – Não sei o que pensei.

Eu sei. Ela tem medo de eu me juntar de novo ao meu velho parceiro, e eu interpretei as palavras dela de maneira totalmente errada.

Nós damos risadas do desentendimento, mas aquela sensação estranha permanece como um odor desagradável entre nós. Mesmo a distração do jantar, o risoto mais gostoso que já provei, não a faz se dissipar. Doggo ganha sua própria tigelinha de risoto, coberto com tutano extra, que ele engole de uma vez antes de latir pedindo mais. Edie tem um presente para ele e começa a procurar no meio da bagunça.

— Eu sei que está aqui em algum lugar — ela diz. — Ela finalmente o encontra debaixo do sofá: uma embalagem fina da Amazon, ainda fechada.

— O que é?

— Um palpite — ela responde.

É o DVD de um filme chamado *Marley & Eu*, com Owen Wilson e Jennifer Aniston. A foto da capa mostra os dois astros enroscados em uma correia comprida presa a um labrador amarelo. Eu me lembro vagamente do título, mas uma olhadela na capa é o bastante para Doggo sair correndo pela sala. Ele dá duas voltas animadas antes de parar de repente e mostrar o linguão para Edie.

— Eu sabia — ela diz.

A obsessão bizarra de Doggo por Jennifer Aniston não é mais um mistério. Ele se deita entre nós no sofá, com o queixo sobre as patas, olhando para a TV (e nem se vira para checar se estamos gostando tanto do filme quanto ele). O filme é muito bom. Jennifer tem uma performance impressionante, e é um prazer assistir a Owen e simpatizar com ele. Não é exatamente aquela comédia de uma piada por minuto que a capa pode dar a entender. Claro, Marley é um cachorro incorrigível e dá o maior trabalho, adora roer os móveis e aterrorizar babás de cães, mas na verdade é a história de um jovem casal enfrentando a vida, construindo uma família. E quanto ao final, bom, o final...

— Você está chorando? — Edie pergunta enquanto os créditos rolam pela tela.

— Sou alérgico a poeira. Esse sofá é estofado com o quê, hein?

Já está tarde, hora de ir embora. Doggo ganha o DVD, que ele leva na boca enquanto Edie nos acompanha até lá embaixo. Ela se agacha e dá um beijo na testa dele.

— Boa noite, Doggo. Amanhã é um dia importante.

— Nós acabamos não falando sobre a Megan nem sobre o que vou fazer.

– Algo me diz que você vai saber o que fazer.

A luz com *timer* do hall de entrada se apaga e nos vemos face a face quase no escuro, só o brilho pálido da luz da rua entrando pela fresta da janelinha acima da porta da frente.

– Boa noite, Dan.

– Olha, desculpe pelo que eu disse antes.

– Não se preocupe. Eu não estou preocupada. – Ela sorri. – Só quer dizer que agora tenho algo para usar contra você também.

E ela tem mesmo, e não tenho certeza de que vou conseguir consertar isso. Ela me dá um beijo rápido na bochecha e abre a porta.

– Você deveria pegar um táxi no final da rua sem problema.

Ela tem razão; só precisamos esperar um minuto ou dois. Quando estamos instalados no banco de trás, Doggo deixa o DVD e descansa a cabeça no meu colo. Há algo saudoso na expressão dele. Talvez eu esteja errado, mas tenho a impressão de que as lembranças da vida passada dele estão chegando para se aconchegar.

Passo a mão sobre a extensão do corpinho dele e faço uma anotação mental para não me esquecer de ligar para o Lar Battersea para Cães e Gatos amanhã cedo.

CAPÍTULO DEZENOVE

Chego à conclusão de que Megan vai ficar menos desconfiada se acontecer no território dela, então recruto Edie para levar Seth para longe. Ela poderia usar qualquer tipo de pretexto, já que sei que ele gosta dela, mas acaba escolhendo um jogo de sinuca, com a desculpa de ser uma oportunidade de se vingar da última derrota pelas mãos dele.

Eles estão na metade do jogo quando passo pelos dois em silêncio e entro na sala.

– Oi, Megan. Você tem um minuto?

– Para quê? – Ela está à sua mesa, escrevendo sem parar, e só olha para cima quando ouve a porta se fechando atrás de mim. – Não tenho nada a dizer para você.

Eu a ignoro, puxo uma cadeira e tiro o pacote colorido e feliz de uma sacola de compras.

– Uma oferta de paz.

– Não vai adiantar nada.

– Não, acho que não, mas é seu mesmo assim, então é melhor você abrir.

Ela rasga o papel de embrulho para encontrar um recipiente plástico para alimentos dentro de um saco vedável para freezer. Ela fica de queixo caído, mas se recupera rapidamente.

– Nossa, obrigada... Tupperware.

— Sinto dizer, mas é usado. Foi usado para transportar merda de cachorro.

— Você precisa mesmo se tratar.

— E você precisa mesmo de um advogado.

Um pouco melodramático, talvez, mas funciona. A expressão arrogante cai, e quase consigo ver o cérebro dela trabalhando atrás daqueles olhos pequenos e fundos. Ela joga o recipiente para mim.

— Nunca vi isso antes.

— E se encontrarem as suas impressões digitais sobre ele? — Deixo que ela absorva as minhas palavras. — Usei luvas cirúrgicas para tirar do lixo. E tenho um vídeo para provar.

— Mas que merda é essa? *CSI Soho*?

— Você estabeleceu as regras, só estou jogando de acordo com elas.

— Vá se foder.

Hesito antes de responder.

— Sabe, Megan, você pode ser muitas coisas, mas não é engraçada de jeito nenhum. Mas, quando essa história se espalhar, você vai ser motivo de piada na publicidade. Fala sério, né? Tentar incriminar um cachorro com um cocô congelado?

Ela é rápida de maneira impressionante.

— Pensando bem, quando encontrei o cocô, eu o coloquei no meu Tupperware. Mas então pensei: "Não, quero que todo mundo veja o que esse cachorro maldito fez", então coloquei o cocô de volta no chão e joguei o Tupperware fora.

— Até que não é uma mentira ruim.

— Você sabe. Eu sei. Ninguém mais vai saber.

— Obrigado, é tudo o que eu precisava escutar. — Coloco o recipiente na sacola de compras e me levanto. — Ah, acho que você deveria saber...

Levanto o punho da camisa para revelar o microfone minúsculo preso com durex ao meu pulso. Isso me custou 60 libras na Spymaster da Portman Square. O dispositivo de gravação digital no meu bolso custou mais 120 libras. E eu ficaria satisfeito em pagar dez vezes mais para limpar o nome de Doggo.

A voz de Megan é puro veneno quando ela finalmente descobre.

— Isso é o cúmulo da baixaria.

— Você vai mesmo me passar um sermão por jogar sujo? — Viro-me para a porta. — Se você quiser conversar mais, estarei na minha sala.

Ralph descreve a situação como uma suspensão de execução. Parece que Megan mudou de ideia.

— Ela não quer fazer uma denúncia, ou qualquer coisa assim.

— Ah, é?

— Ela disse que até gosta de ter Doggo por perto.

— Ah, é?

Ralph planta os cotovelos na mesa, me examinando.

— O que você fez, Dan? Foi dinheiro? Você a subornou?

— Não sei do que você está falando.

Ele solta um resmungo cético.

— Ainda há a questão daquela cláusula no nosso contrato de aluguel.

— Ele é um cachorro de companhia para pessoas com problemas mentais. Não acho que isso seja um problema no contrato.

Ralph joga a cabeça para trás e dá risada.

— Você é imprevisível. Pelo jeito vou ter de ficar de olho em você.

— Não é comigo que você tem de se preocupar.

Isso deixa o cara esperto bem rápido. E eu também. Eu não estava planejando dizer isso.

— Pode continuar — ele diz.

Edie acha que devemos comemorar a libertação de Doggo em grande estilo, então depois do trabalho caminhamos pelo Covent Garden até o bar que dá para o rio na Somerset House. Pegamos umas poltronas confortáveis no terraço, onde Edie pediu duas taças de champanhe para nós e um prato de carne-seca para o Doggo. Ela pede para ouvir a gravação da minha conversa com Megan. Ao ouvir tudo de novo, fico impressionado com o meu tom duro e sem pena nenhuma. Será mesmo a minha voz? Sou eu mesmo?

– Uau, você acabou com ela.

Não conto a ela que depois acabei fazendo a mesma coisa com o Tristan.

Ralph caiu em um silêncio meditativo quando contei a ele o que Tristan tinha sugerido para mim no restaurante: que logo, logo ele – Ralph – não estaria em posição de decidir mais nada na Indology.

– Aquele merdinha – ele finalmente resmungou. – Obrigado, Dan, fico te devendo uma.

Não posso confiar que Ralph me deixará fora disso, apesar de ele ter prometido que deixaria. Ele é do tipo de homem que pode deixar alguma coisa escapar no calor do momento. E Tristan não é bobo, ele vai suspeitar do meu envolvimento. Ainda não sei por que fiz aquilo. Acho que talvez meu sangue estivesse bombeando a todo o vapor com uma indignação virtuosa depois do confronto com Megan. Qualquer que seja o motivo, comecei uma guerra, e todo mundo sabe que, quando certo gênio sai da garrafa, não há como colocá-lo de volta.

– Ao Doggo – Edie brinda. – Que ele entregue cartas por um bom tempo.

Erguemos nossas tulipas de champanhe à saúde dele, e eu poderia jurar que há algo nos lábios dele que sugere um sorriso.

Já passei quase vinte e quatro horas me torturando com a lembrança da minha confissão involuntária a Edie, enquanto ela parece não se importar nem um pouco com aquilo. É como se nunca tivesse acontecido, e acho que é a mensagem que ela está mandando para mim: não aconteceu, vamos seguir em frente. Só há um problema: não sei se quero seguir em frente, não se isso significar voltar para onde estávamos.

— Olha, eu não tive a oportunidade de dizer isso ontem à noite, mas você não precisa se preocupar comigo e com o Gordo do Trev. Acabou mesmo, e para sempre.

— Jura?

Conto a ela sobre o meu jantar esquisito com o Trev outro dia.

— Ele culpa o trabalho por fazê-lo perder a cabeça. Ele não vai voltar.

— E se ele mudar de ideia?

— Já fiz a minha escolha também, e é você. — Com uma pontada no estômago, me dou conta de como isso deve soar para ela. — Ai, meu Deus, não foi bem isso que eu quis dizer.

— Mas foi isso que você quis dizer ontem à noite — ela rebate, me provocando.

— Não é justo. Eu estava bêbado.

— Você tinha bebido uma taça de vinho. Nós estávamos fazendo o risoto.

— Ah, então, risotos me deixam esquisito. Sempre foi assim.

Ela tem um jantar mais tarde, e eu também — o primeiro de J e Lily desde que eles voltaram. Vai ser um dos grandes banquetes deles de sexta à noite, com um monte de gente enfiada ao redor da mesa gigante de refeitório na cozinha. Também tenho hora marcada com o lar de cachorros amanhã cedo para ver se consigo obter alguma informação sobre o Doggo. Quando Edie fica sabendo, ela pergunta se quero companhia.

— Claro, se você estiver livre às onze e meia.

— Estou livre o dia todo — ela responde, o que pode ser ou não um convite para passar o dia com ela. Vamos ver.

J sempre foi o rei dos coquetéis. É mais que uma arte para ele, é alquimia, e é por isso que ele chama sua mistura mortal de "A Pedra Filosofal" (ou "La Pietra Filosofale", já que foi inventada na Itália durante o ano de folga dele antes de ir para a universidade). Os ingredientes são um segredo bem guardado que ele prometeu revelar apenas ao seu primeiro filho. Isso significa que a bebida tem de ser preparada em segredo e com antecedência, geralmente em uma grande tigela prateada, então tecnicamente não se trata de um coquetel, mas de ponche – um termo mais apropriado. O primeiro copo é como tomar um tapa na cara com um peixe molhado. O segundo, por algum motivo bizarro, é como um carinho gentil. Estou no segundo quando J bate palmas, chamando a multidão barulhenta para o quintal.

– Tenho um anúncio a fazer. – Ele olha de relance para Lily, que está ao lado dele. – *Temos* um anúncio a fazer. – Há um murmúrio de antecipação; estamos todos pensando a mesma coisa. – Não é segredo nenhum que Lily e eu tivemos nossos problemas ao longo dos anos. Bom, não dá para aprender a andar de bicicleta sem cair algumas vezes, e é sobre isso que quero falar.

Lily vira os olhos com uma paciência cansada.

– Uma bicicleta – J diz. – Alguém aqui prendeu uma bicicleta com uma corrente no portão do vizinho e eles estão ameaçando chamar a polícia para tirá-la de lá.

O pessoal dá um resmungo coletivo. J se abaixa para não ser atingido por uma salsichinha de Viena, que Doggo abocanha, mas Lily é quem ri por último:

– Ah, gente, fala sério, vocês acham mesmo que eu teria dito "sim"?

Lily é uma ótima cozinheira com um repertório ambicioso e variado. Esta noite ela escolheu a cozinha marroquina. Estamos nos deliciando com uma série de aperitivos exóticos e pão sírio feito em casa antes que os tahines, cuscuzes e saladas cheguem à mesa. J conseguiu encontrar um vinho tinto marroquino muito bom (assim como um branco aguado que não está no mesmo nível). É uma combinação difícil de superar: comida e bons amigos. Percebo que sou a única pessoa à mesa sem par, apesar de alguns maridos e mulheres estarem faltando, viajando a negócios.

Fiquei quieto no último mês, e é inevitável que me perguntem sobre a Clara. Quando sou interrogado, falo a verdade sobre Wayne, o cineasta em início de carreira da Nova Zelândia. A notícia se espalha pela mesa.

— Dan, coitado de você.

— Por que você não disse?

— Não consigo acreditar.

— Eu consigo — J diz.

Quero dizer a eles que estou bem, que nem penso mais na Clara, mas eles só acham que estou tentando parecer forte, então aguento as perguntas, faço os barulhos certos, e ainda bem que a conversa finalmente muda de assunto.

Sei que vou ser o último a ir embora, apesar de Charlie e Anna quase ganharem de mim. Já tomamos bastante uísque quando eles finalmente saem cambaleando. J e eu atacamos a louça de uma vez enquanto Lily brinca de DJ e tenta fazer com que Doggo se interesse por uma bola de tênis.

— Ele não gosta de bolas — explico.

— É o primeiro cachorro que conheço que não gosta.

— Ele é apaixonado pela Jennifer Aniston.

J faz que não com a cabeça, desesperadamente.

— Preciso dizer, cara...

Mas Lily o interrompe:

— Não precisa, não.

J a ignora.

— Essa coisa de um-homem-e-seu-cachorro... É meio bizarra. Você não conseguia nem suportar essa coisa quando Clara apareceu com ele e, agora que ela foi embora, você adora o cachorro.

— J, cale a boca — Lily diz.

— Quer dizer, o que você está fazendo? Ficando com ele até ela voltar?

— Ele não é mais dela, ele é meu.

J se vira para Lily:

— Viu só o que eu quis dizer? — Ele me passa uma tigela de salada para enxugar. — E outra coisa: ele não vai te fazer nenhum favor na hora de atrair a mulherada. Talvez se ele fosse um labrador preto, ou alguma coisa assim.

Conheço aquele olhar do Doggo; é o mesmo que ele lança quando observa a Megan.

— Cuidado com o que você diz. Você está prestes a ganhar um inimigo.

— Jesus... — J resmunga.

— Não se preocupe, Doggo, ele não vale a pena. — Eu me agacho do lado dele e coço seu focinho. — E eu conheço uma garota que acha você tão bonito quanto eu acho.

— Cara, ele está mentindo.

— Quem? — Lily pergunta, mais interessada. — Pode contar!

Conto a eles sobre a Edie. Conto quase tudo. Foi por isso que fiquei até mais tarde.

— Doggo — Lily fala —, acho que seu dono está apaixonado.

— Não estou, não.

— Mentiroso.

— Bom, talvez um pouco.

J é uma alma simples lá no fundo — ele não tem problema algum em entender impulsos básicos como desejo físico. Então, no momento em que vê a foto de Edie no meu celular, recebo a sua bênção.

— Gata — ele diz. — Muito gata mesmo. Pode ir em frente.

— Acho que já ferrei com tudo.

E então conto a eles o resto da história — meu *faux pas* na outra noite, o lance com o Tristan, tudo. Preciso de orientação, de conselho. Escuto e assisto enquanto eles tentam concordar sobre alguma coisa pelo menos uma vez. J acredita firmemente que vale a pena lutar por uma mulher com unhas e dentes, e mesmo usar a força se a situação pedir.

— Não é o Rapto das Sabinas — comenta Lily. Ela se vira para mim: — Ignore o cara, Dan. Seja apenas você mesmo.

— Como se isso fosse funcionar — diz J com uma risadinha.

Eu sei que é só uma meia brincadeira.

CAPÍTULO VINTE

Só me dou conta do meu erro quando nós três entramos no escritório de Beth no Lar Battersea para Cães e Gatos.

— Vejo que você ainda não fez o procedimento.

Eu deveria ter deixado Doggo em casa, ou pelo menos lá fora com a Edie.

— Está marcado — digo, mas Beth não parece muito convencida. — A vida ficou meio maluca desde a minha última visita. Comecei num emprego novo e, na verdade, o Doggo também.

Achei que ela fosse achar bonitinho ele ter se transformado no carteiro do escritório.

— Ele até começou a tuitar — Edie entra na conversa.

É verdade. A Anna da recepção fez uma conta do Twitter para ele.

É difícil decifrar o olhar de Beth enquanto ela observa Doggo, mas eu poderia dizer que é menos de afeição e mais de pena — aquele tipo de compaixão que você sente por uma criança escrava em uma fábrica em algum lugar da Ásia.

— Bom, ele não me parece tão mal — ela reconhece de má vontade.

Eu não expliquei muito quando marquei a consulta porque estou aqui atrás de informações, e que tipo de organização entrega isso de mão beijada nesta nossa era obcecada pela proteção de dados? Achei que fosse melhor surpreender Beth pessoalmente, e usar meu charme para conseguir o que quero. Infelizmente, pelo jeito Beth não se lembra da nossa última reunião com o mesmo carinho que eu.

Ela só ouve, impassível, enquanto conto tudo sobre a fascinação de Doggo por Jennifer Aniston, e como aquilo me fez pensar na vida que ele tinha antes de vir para o meu apartamento, e querer saber de onde ele veio.

– Eu sei que ele não foi abandonado, mas é tudo o que sei.

Beth tem um arquivo à sua frente.

– É verdade, ele não foi. O dono dele o trouxe aqui.

– Eu adoraria conversar com eles, sabe, preencher umas lacunas, talvez pegar umas dicas, saber do que ele gosta, esse tipo de coisa. Quem sabe eles até queiram seguir o Doggo no Twitter, e manter contato dessa maneira.

Beth fecha o arquivo e imediatamente entrega o sexo do ex-dono.

– Eu não sei por que ele trouxe o Doggo aqui. Apesar do que você pode pensar, nós não interrogamos ninguém. – Ela diz isso com um quê de mácula na voz, e é então que me lembro da referência imbecil que fiz aos nazistas na última vez que estive aqui. Agora está na cara por que ela está sendo tão fria. – Talvez ele não pudesse mais cuidar de um cachorro – ela continua. – Talvez o problema fosse dinheiro. E também pode ser muito difícil para os donos se despedir. Tenho certeza de que ele não gostaria de ser lembrado do que aconteceu.

– Mas ele pode querer – Edie retruca.

– Não posso fornecer dados pessoais mesmo se quisesse. Temos uma política de privacidade muito rigorosa. Tenho certeza de que vocês vão me entender.

– E mandar uma carta para ele? Está fora de questão? – Pergunto.

Beth fica pensando por um momento.

– Não, isso pode ser possível... se você concordar em fazer a sua parte. – Os olhos dela se viram para Doggo.

Será que estou errado? A mensagem parece ser: castre esse cachorro e vou pensar no seu caso. Ainda bem que Edie é a primeira a encontrar a voz.

— Que ótimo. Muito obrigada. Como o Dan disse, já está marcado. — Ela sorri docemente para mim com olhos que ordenam: apenas seja um bom menino.

— Absolutamente. Obrigado, Beth.

Eu só me ligo que Edie está tramando alguma coisa quando ela anuncia que está decidida a adotar um cachorro também. Beth se anima e fica feliz por ajudá-la. Estamos todos descendo as escadas quando recebo uma mensagem de texto de Edie: *Liga para mim quando eu der o sinal.*

O bloco do canil é uma cacofonia de latidos e ganidos, com um uivo aqui e ali. Talvez Doggo tenha bloqueado a lembrança de sua breve estada aqui; ele parece mais intrigado do que perturbado pelas celas ao longo do corredor, com suas portas com barras e seus ocupantes agitados. Há cachorros de todos os tipos e tamanhos, e já visitamos vários deles quando Edie me dá uma piscadinha. Eu ligo para ela da maneira mais discreta possível e então só fico assistindo de queixo caído enquanto ela entra em ação.

— Mãe, oi... Não é o melhor momento, estou ocupada. Posso ligar para você mais tarde?... É claro que me importo. Como ele está?... Espere só um minuto. — Ela segura o celular junto ao peito e se vira para nós, em seu rosto franzido um pedido de desculpas. — Eu sinto muito, mas preciso mesmo atender esta ligação. — Ela vira os olhos para Beth e sussurra a palavra "mães" antes de sair de fininho. — Vamos ver se encontro um lugar mais silencioso... Cachorros... Sim, cachorros. Eu explico depois. Primeiro me diga como ele está...

A performance dela é tão convincente que, assim que ela desaparece, me vejo dizendo para Beth:

— O avô dela tomou um tombo outro dia.

Foi exatamente o que tinha pensado: Edie foi atrás do arquivo de Doggo. Beth o deixou sobre a mesa e agora temos um nome — Patrick Ellory

– e um número de telefone. O que fazer com essas coisas pede um pouco mais de planejamento, e ainda não decidimos uma estratégia depois de dar uma volta pelo Battersea Park e sobre a Albert Bridge. Quando damos por nós, estamos em uma mesa ao sol entre as barracas do Chelsea Farmers Market.

– Você deveria ser atriz.

– Eu queria ser – ela responde. – Eu tentei entrar no National Youth Theatre no meu último ano na escola. Eles não me quiseram.

– Azar deles. Mas agora não sei se vou mais acreditar em qualquer coisa que você disser.

– Azar o seu. Acabei de contar uma mentira.

– Mesmo?

Ela sorri.

– Não, eu tentei, mas não fui chamada. Eu fui bem, competente, mas nunca consegui me soltar, me perder, sabe? – Ela toma um gole de cerveja. – É a mesma coisa com os meus relacionamentos; pelo menos é isso que os meus namorados sempre me dizem.

Não quero falar sobre o Tristan.

– Três anos com o Douglas; você deve ter feito alguma coisa certa.

– Dois anos a mais do que deveria. Foi o que ele disse, e não eu, mas ele tinha razão. Só demorei um tempo para perceber.

Eu sempre achei que Douglas tivesse levado um pé na bunda por causa de Tristan, mas parece que o relacionamento simplesmente acabou com consentimento mútuo.

– A gente era mais como irmãos no final. Não rolou mágoa, mesmo quando ele dormiu com a minha melhor amiga.

Nosso dilema é o seguinte (e ainda bem que se tornou o nosso dilema agora, e não só meu): não podemos falar a verdade para Patrick Ellory. Se formos sinceros, é capaz de que ele não goste muito, grite com a gente ou até mesmo faça uma reclamação ao lar de cães e gatos. Edie acha que deveríamos ligar para ele fingindo ser do Battersea e dizer que o novo dono do Mikey (ainda não consigo me conformar com esse nome) quer entrar em contato. Se Ellory concordar, então posso ligar para ele. Se não concordar, estamos ferrados.

Edie liga para ele, mas desliga quando cai na caixa postal. Ela vai tentar de novo daqui a pouco.

– Como é a voz dele?

– Ele fala bem. Amigável. Mais para velho que para moço.

De repente algo me ocorre. Doggo está enroscado aos nossos pés, à sombra debaixo da mesa.

– Cadê o Patrick? – Pergunto. Ele ergue um olhar cheio de preguiça para mim, aparentemente impassível a respeito do nome. – Patrick! – Nada ainda, nem mesmo um leve sinal de reconhecimento.

– Que estranho para um cachorro que é tão bom com nomes – Edie comenta. Ela sugere que continuemos em direção à unidade de South Kensington da Christie's, a alguns minutos a pé dali, para ver quais leilões estão acontecendo. – Funcionou para a gente da última vez.

E funcionou mesmo. A revelação do slogan para o SWOSH! veio à minha cabeça enquanto voltávamos para a agência depois do leilão de quadros impressionistas e modernos.

"Pôsteres Vintage" não está no mesmo nível, ainda que vários lotes nas galerias do térreo sejam franceses, como o Vargo, o novo carro *hatchback* que estamos lutando para descobrir como vender. E não somos os únicos. Clive e Connor admitiram que estão empacados, a não ser que as brigas horrorosas (piores do que nunca) sejam só fingimento.

Ralph sabia exatamente o que estava fazendo quando largou o briefing no colo do departamento de criação inteiro. Apesar da conversinha sobre união, ele estava era jogando-nos uns contra os outros. Está na cara que a equipe que mais impressioná-lo na quarta-feira vai ficar com a conta. Megan está jogando suas cartas com cuidado e obviamente obrigou Seth a jurar silêncio. Mas eu não ficaria surpreso se todos nós acabássemos apresentando o carro da mesma maneira, colocando o foco nas vantagens embrulhadas naquele pacote horroroso: a grande economia de combustível e o kit legal que vem até nos modelos básicos (incluindo GPS e conectividade Bluetooth com viva-voz). Não há como negar que ganhamos um bom salário por esse trabalhão todo, mas infelizmente não há como negar a falta de esperança no quesito "beleza".

Edie e eu sentimos uma onda de inspiração vinda de alguns dos pôsteres antigos, com suas imagens estilizadas de licores franceses há muito esquecidos, transatlânticos, locomotivas a toda a velocidade e resorts repletos de palmeiras na Riviera. Só há um problema: esses são todos testemunhos do poder sedutor do estilo sobre a essência, e a essência é a única carta que podemos jogar logicamente ao promover o Vargo, que decididamente não é sedutor nem estiloso.

É Edie quem aponta essa disparidade infeliz. E, assim que ela diz isso, a elegância fácil dos pôsteres começa a tirar uma da nossa cara. Mas é hora de ir, mesmo assim; Edie tem um horário marcado no cabeleireiro em Marylebone.

Não conheço nenhuma outra mulher com cabelo tão curto quanto o dela.

— Deve ser só para aparar as pontas, acho.

— Depende — ela responde. — Você acha que eu deveria cortar mais curto?

— Ripley em *Alien 3*. Para você até pode funcionar.

— Pode ser que eu faça isso mesmo.

Doggo e eu nos despedimos dela no metrô de South Kensington, onde ela tenta ligar para Patrick Ellory mais uma vez, caindo na caixa postal de novo. Ela promete me ligar assim que conseguir falar com ele. Quase sem querer, diz que vai almoçar com alguns amigos em um pub à beira do rio perto de Richmond amanhã. Fico irritado por não poder ir junto: isso significaria dar o bolo na minha mãe, que chegou da Espanha para o enterro de Pat Connelly.

— Por que você não me contou?

— Acho que posso ter exagerado na minha reação ao que meu avô disse.

Dá para ver que ela acha que estou me fazendo de forte, mas não estou. Quando a minha mãe me ligou na quinta para marcar uma hora e um lugar para nos encontrarmos, não havia nada na voz dela que sugerisse qualquer coisa mais sinistra comigo amanhã que um almoço típico de domingo.

CAPÍTULO VINTE E UM

Minha mãe é uma maníaca da pontualidade. Eu sei disso, e é por isso que faço um esforço extra para aparecer na hora marcada, e é por isso que não estou tão atrasado como sempre. Doze minutos está bom demais. Também é tempo suficiente para a minha mãe enxugar a maior parte de seu Bloody Mary, eu vejo.

O drinque a deixou mais animadinha. Ela não quer comer aqui, mas o restaurante de que ela e Nigel gostam, que fica na mesma rua do hotel onde eles sempre ficam quando vêm para Londres, não aceita cachorros.

— Ele é melhor ao vivo — é o máximo que ela consegue dizer ao pousar os olhos sobre Doggo.

— Você pode fazer carinho nele, se quiser.

— Mas eu preciso, querido?

— Ele não tem nada. Já dei um tratamento para ele contra pulgas. E vermes.

— Você fez isso? Sozinho? — Ela parece agradavelmente surpresa e até dá uns tapinhas sem jeito na cabeça de Doggo.

— Cadê o Nigel? — Pergunto.

É uma desculpa fraca, algo a ver com uma reunião de negócios de última hora da qual ele não conseguiu se livrar, e me faz pensar, e imaginar coisas que não quero imaginar. Elas logo são esquecidas com a agitação de uma conversa sobre o enterro de Pat Connelly amanhã e os muitos fantasmas do passado que minha mãe espera (e está com pavor de) ver no crematório em Hertfordshire.

— O papai também vai?

— Não sei. Acho que não. Pat foi uma das minhas poucas amigas que ficaram ao meu lado quando ele me largou para ficar com aquela lésbica.

— Mãe, acho que a Carol não é lésbica.

— Querido, não seja tão inocente. Elas são tão boas em disfarçar quanto as bichas.

Em momentos assim, o conflito de gerações parece mais uma guerra mundial.

— As pessoas não dizem mais "bicha".

— Então pode escolher a palavra. Acho que vou começar com as ostras.

A minha mãe sempre gostou de uma taça de vinho — o barulho da rolha saindo da garrafa às seis da tarde é uma lembrança duradoura da minha infância —, mas ela está enxugando o Saint-Véran como se estivesse tentando apagar um incêndio. Quando digo a ela para ir com calma, ela diz que está tentando. É uma resposta misteriosa, e o primeiro sinal do que está por vir. Só preciso esperar alguns segundos até a próxima, e não há mistério nenhum dessa vez.

— Eu menti para você sobre o seu avô — ela diz de uma vez.

— Sobre o vovô?

— Você sabe o que eu quero dizer.

— Me ajude aqui.

— Sobre o que ele disse para você. — Ela não consegue me olhar nos olhos. — Ai, meus Deus. Maldito Nigel.

— Nigel?

— Ele disse que você tinha o direito de saber a verdade. Mas ele está errado. Nada de bom pode vir disso e agora é tarde demais. — Ela enxuga os olhos rasos d'água com o guardanapo.

Eu me sinto anestesiado, mas curiosamente alerta ao mesmo tempo, como se tivesse pulado em um lago congelado. Minha primeira reação é estender a mão para Doggo aos meus pés, e encontro conforto na língua áspera dele contra as costas da minha mão. Mesmo que eu conseguisse pensar em alguma coisa para dizer, não sei se poderia pronunciar as palavras. Posso ver que minha mãe está tendo dificuldade também.

— Eu sinto muito, querido — ela finalmente consegue dizer.

— Quem? — Pergunto.

— Não posso contar. É que ele não sabe.

— Não sabe?

— Que você é filho dele. Preciso falar com ele primeiro. — Ela faz que não com a cabeça, repreendendo-se. — Eu deveria ter falado com ele primeiro. Essa era a ideia, mas olhando para você aqui... Bom, acabou saindo.

— Mãe, você vai ter de me contar mais que isso.

E ela conta, em voz baixa e com uma dignidade controlada que não tem nada a ver com a história escandalosa que está contando. Pelo jeito a Universidade de East Anglia era um centro de promiscuidade sexual no fim dos anos 1970 e começo dos anos 1980. Fico surpreso ao saber que o meu pai (meu pai?), apesar de sua postura cheia de moral, abocanhava o fruto proibido livremente, que nesse caso tinha a forma de alunas bêbadas. Minha mãe tinha de aguentar os encontros dele — a "propriedade sexual" era um conceito burguês, caso não saiba — e até mesmo se aventurar em alguns encontros ela mesma. Ela experimentou algumas vezes antes de Emma nascer, mas, sem querer, e quase para cumprir um papel, esperando provocar no meu pai (essa palavra de novo) algum último vestígio de decência ou ciúme. Então, depois que Emma nasceu, ela experimentou de novo, dessa vez não porque ela achava que deveria, mas porque quis.

— Ele era muito especial. Jovem. Gentil. Muito bonito. E tão engraçado.

Posso ver os tentáculos da memória quase levando a minha mãe para outro lugar.

– Mãe – chamo, tentando trazê-la de volta.

– Vocês têm o mesmo perfil. Homens com perfil forte nunca ficam sozinhos. Quem disse isso?

– Sei lá. Qual era a idade dele?

– Ele estava estudando para o doutorado na Unidade de Pesquisa do Clima.

– Ele é um cientista?

– Não mais, talvez nas horas vagas, não sei. Ele se estabeleceu em uma área totalmente diferente.

– Para o bem ou para o mal?

– Depende da sua política.

UEA em 1982? Ele tinha de ser de esquerda, provavelmente do novo partido social-democrata.

– Meu Deus, sou o filho bastardo do Tony Blair.

Ela ri.

– Não.

– Então quem?

– Eu falei para você, não posso te contar, pelo menos não até falar com ele. Você já esperou bastante, um pouco mais não vai fazer diferença.

Minha raiva vem à tona repentina e inesperadamente.

– Há uma diferença entre esperar e não saber de nada por malditos trinta anos.

Percebo vagamente que um casal na mesa ao lado reage quando levanto a voz, e sinto minha mãe pegar na minha mão.

– Mas posso te contar uma coisa – ela diz baixinho. – Você foi concebido com muito amor. Eu sabia exatamente o que estava fazendo. Você não foi um erro. Foi uma loucura... meu Deus, foi loucura mesmo... mas eu queria mesmo ter um filho com ele. Eu sabia que ele queria a mesma coisa. Ele queria que eu deixasse o seu pai... que eu deixasse Michael.

— Então por que você não deixou?

Ela hesita, procurando a resposta na taça de vinho.

— Não sei. Acho que fiquei com medo, medo de prendê-lo. Ele era só um menino, mas com certeza ia longe. E havia a Emma também. Não se esqueça da Emma. Nós éramos uma família.

— Ela não sabe?

— Ninguém sabe.

— A não ser o vovô. E o maldito do Nigel.

Ela fica tensa na cadeira.

— O maldito do Nigel é a razão pela qual estamos tendo esta conversa, então seria bom se você tivesse mais respeito por ele. Eu sei que ele não é o seu tipo, mas ele é um bom homem, e não há muitos deles por aí, acredite em mim.

Baixo a cabeça.

— Desculpe.

— Está perdoado. Eu não espero ser perdoada. Ainda, não. Talvez um dia.

Sei que estou em choque, não estou pensando direito, mas tenho certeza de que nunca ouvi minha mãe falar assim, com tanto sentimento, e com tamanha sinceridade. Até o rosto dela ficou diferente. É como se a mentira a estivesse cobrindo esses anos todos como um véu e só agora eu conseguisse enxergar quem ela realmente é.

Tudo bem. Nada a reportar. Estou me sentindo um babaca completo.

Essa é a mensagem de texto que prometi mandar para a Edie. Não consigo contar a verdade a ela. Ela vai querer conversar sobre isso, talvez até mesmo vir me encontrar depois do almoço em Richmond, mas na verdade só quero andar, sentir o chão sob os pés, porque pelo menos ele é sólido, confiável.

A resposta de Edie chega ao meu celular bem na hora em que eu e Doggo estamos entrando no Hyde Park: *Que bom, mas ruim para a minha mãe. Ela estava esperando mais! Bj*

Não consigo pensar em nenhuma resposta, então em vez disso eu escuto — as abobrinhas dos loucos religiosos e de outros doidos inofensivos discursando a plenos pulmões de seus pequenos palanques ou escadas. Será mesmo possível que JFK acabou sendo assassinado porque estava prestes a revelar a verdade sobre o acidente com o óvni em Roswell? As provas não são muito convincentes. O melhor do grupo é um cara novo, surpreendentemente articulado, que diz ter autoridade para afirmar que Simon Cowell foi recentemente promovido aos ranques da Nova Ordem Mundial, a associação secreta dos maçons, Illuminati, judeus, jesuítas, banqueiros e outros indesejáveis que por séculos vêm fazendo o mundo girar de seu lugar nas sombras. Ele de alguma forma ainda consegue enfiar o 11 de setembro e o aquecimento global nessa mistura.

Há algo revigorante nesse balaio de gato de teorias da conspiração. Para os verdadeiros paranoicos, tudo é possível. O melhor é que a minha própria história, essa que acabou de dar o bote em mim, parece sem graça e comum em comparação.

Doggo e eu estamos rodeando o rio Serpentine quando sinto uma vontade irresistível de me deitar no chão. Deitado de braços abertos e de costas à sombra de um grande carvalho, busco algum tipo de padrão significativo no dossel de galhos e ramos. Doggo me empurra de leve com o focinho e dá uns pulinhos. Ele nunca fez isso antes. Será que ele quer mesmo que eu brinque com ele? Talvez ele esteja sentindo o meu humor sombrio e está tentando me tirar dessa. Mas, se for isso, então não consegue.

— Com licença, esse cachorro é seu?

As palavras não querem dizer nada, não em um primeiro momento, não até eu acordar para ver uma mulher com cabelo ruivo e comprido me encarando. Ela não parece muito contente. Eu me forço a sentar no chão.

— Oi?

Ela aponta.

— O cachorro, ele é seu? Ele roubou a nossa bola.

Vejo duas menininhas com um welsh terrier, e um homem (que pelo jeito é o pai das meninas) se aproximando de Doggo, que está mesmo com uma bola de tênis na boca.

— Isso, cachorro bonzinho, agora solte a bola, solte a bola. — Doggo sai correndo para longe. — Maldito vira-lata!

Deixo o insulto passar — por pouco.

— Não se preocupe, eu pego a bola.

As famosas últimas palavras. Finalmente convenço Doggo a soltar a bola, mas, quando vou pegá-la, ele a abocanha de novo de repente e sai correndo por entre as minhas pernas. O homem pula para cima dele, não consegue pegá-lo e cai de joelhos.

— Doggo! — Eu berro e saio correndo atrás dele.

Ele dá um baile em todo mundo por alguns minutos antes de finalmente largar a bola. Ninguém quer ouvir meus pedidos de desculpa.

— Você deveria aprender a controlar esse cachorro — o homem diz.

Eu me viro para as filhas dele.

— Foi divertido?

— Foi! — Elas respondem em coro, muito contentes por terem visto dois homens adultos levando um baile de um cachorrinho.

Entrego a bola babada para o cara.

— Então não foi uma completa perda de tempo.

Doggo só se aproxima de mim quando vamos embora. Ele anda com todo o cuidado, devagar, mas, quando caio de joelhos, ele vem correndo e me deixa pegá-lo no colo.

— Tudo bem, agora eu voltei. Obrigado, sua coisa fofa.

Ele lambe o meu rosto e dou um sopro no pescoço dele.

CAPÍTULO VINTE E DOIS

O quadrinho está à minha espera na minha mesa quando apareço para trabalhar na manhã de segunda, com um bilhete do Josh: *Fiz algumas mudanças no fim de semana*

Tenho de rir. Ele desenhou os mesmos três quadrinhos – M-m-m-m... D-d-d-d... McDonald's! –, mas colocou um cachorro sobre a mesa, claramente inspirado no Doggo! Ele também mexeu nas expressões dos pais e agora a reação do cachorro é que chama atenção. Ele fica com uma cara ótima de "cansei da vida" quando o bebê berra "McDonald's". É coisa de gênio; a piadinha ainda funciona, mas agora o cachorro é a história. Você fica com a sensação de que o pobre cachorro, tão sábio, foi fadado a morar com esse casal jovem e moderninho (os óculos de grife do pai são outra ótima adição), para quem a vida nunca acontece tal qual a planejaram.

Edie adora. Tristan também diz adorar a tirinha. Ele parece meio esquisito e, quando me encurrala perto da máquina de café, entendo o porquê.

– O fim de semana foi bom? – Ele pergunta.

– Até que não foi ruim. E o seu?

– O que você fez?

Ele não está tentando jogar conversa fora sobre o fim de semana; está na cara que ele sabe e está tentando me pegar no pulo. Conto a ele tudo sobre a nossa expedição ao lar para cachorros.

— Isso foi ideia de quem? — Ele exige saber.

— Minha.

— A Edie disse que a ideia foi dela.

— Eu tive a ideia de ir. Ela perguntou se podia ir junto. Tristan, por que estamos tendo esta conversa?

Ele se aproxima, invadindo o meu espaço.

— Só quero saber se estamos na mesma página. — Ele é tão convencido de si mesmo e da capacidade de me intimidar.

— Ei — digo —, eu sou o seu braço direito.

Ele gosta disso — a resposta medrosa, o aceno com a cabeça para o Chefão — e pousa uma mão sobre o meu ombro, me ungindo com seu perdão.

— Tudo bem, só queria saber.

Em algumas ocasiões no fim de semana até duvidei da minha decisão de ter contado a Ralph as intenções de Tristan. Mas agora não me arrependo de nada. Espero que as engrenagens estejam rodando e que ele se ferre. Edie diz conhecer outro lado dele, e talvez até exista mesmo um em algum lugar, mas a verdade é que ela caiu no meu conceito por causa dele.

Não digo isso com todas as letras para ela; mas digo que ela vai ter de começar a me contar o que contou ou não a ele.

— É a segunda vez que ele me avisa para ficar longe de você.

— Segunda?

— Eu não falei nada antes. A primeira foi naquele almoço com ele.

Acho que ela gostou da história.

— O que ele falou?

— Você quer mesmo saber?

— Quero.

— "Se você comer a Edie, eu te demito."

— Ele falou isso?

— Poético, né?

Ela gira em sua cadeira para olhar para mim.

— Dan, não sou responsável pelas neuroses dele.

— Só quero que ele me deixe em paz. Não quero que ele diga esse tipo de coisa para mim enquanto faço um café. Será que é pedir muito?

— Não.

— Talvez seja melhor a gente não fazer mais nada juntos fora daqui.

— Tá — ela responde.

— Só o estritamente profissional.

— Ótimo.

Apesar dos esforços do Doggo, ando tenso como nunca desde o almoço com a minha mãe ontem, e Edie não é a primeira a tomar uma patada. Quando ofereci meu lugar no ônibus hoje cedo, fui recompensado com uma risadinha cínica e uma pergunta:

— Por quê? Por que sou mulher?

— Não, porque eu sou cavalheiro. Mas, se você está feliz de pé, tudo bem por nós, né, Doggo?

Ele deu um ganidinho como resposta.

— Não vou falar para você o que ele disse.

Isso arrancou uma risada satisfeita dos nossos amigos passageiros.

A ligação de Patrick Ellory acontece logo depois do almoço. Sei que é ele porque Edie se transforma de repente na Annabelle Theakston do Lar Battersea para Cães e Gatos. O resumo da conversa dos dois é o seguinte: Ellory acabou de ver as ligações perdidas no celular porque estava no exterior até aquela manhã, e está mais do que feliz em conversar com o novo dono do Mikey, apesar do Mikey ter sido o cachorro da tia dele, então ele não sabe se poderia ajudar muito. Sabiamente, Edie não complicou muito as coisas, segurando a curiosidade; Annabelle Theakston com certeza teria todos esses detalhes, e com certeza ainda mais, ao alcance dos dedos.

Ela anota o número de Ellory para mim.

— Agora é com você — ela diz, me passando o post-it, e posso dizer pelo tom dela que Edie ainda está no clima da nossa conversa meio fria de antes.

— Agora, não. Mais tarde.

— De nada — ela faz questão de dizer.

— Desculpe. Obrigado. Você foi assustadoramente convincente mais uma vez.

Ela dá de ombros:

— Talvez eu esteja errada, mas acho que a tia dele morreu. — Ela baixa a voz em respeito a Doggo, e nós dois olhamos de relance para ele no sofá.

Mais tarde, em casa, pesquiso na internet cachorros e luto. A maior evidência de que nossos amigos de quatro patas são capazes mesmo de sentir uma perda é um vídeo que encontro no YouTube sobre um husky siberiano chorando como uma pessoa na sepultura de sua dona. Ocorre-me que talvez Doggo não tenha nem tido a oportunidade de fazer isso. A visão da sepultura me lembra de ligar para a minha mãe.

Nigel atende no quarto de hotel deles.

— Nigel, sou eu.

— Daniel — ele responde cautelosamente.

— Olha, obrigado por convencer a minha mãe a me contar a verdade.

— Mesmo?

— Mesmo. Obrigado.

— De nada, amigo.

Quando minha mãe atende o telefone, pergunto como foi o enterro.

— Você já foi a um crematório? Coitada da Pat. Foi terrível. Uma fábrica. Acabou em dois minutos. Mal tiveram tempo de trocar a música. Algumas pessoas jogam as cinzas em um jardim memorial. Cinzas?! Eu vi uns pedaços de ossos naquelas roseiras!

Ela me pergunta como estou me sentindo.

— Ah, sabe como é. Ainda bem confuso.

— É claro que você está confuso. Mas fiz bem de te contar, não foi?

— É, acho que sim.

— Você não parece muito convencido.

— E se ele não quiser me conhecer?

— É possível. Mas eu ficaria surpresa.

Ela ficaria surpresa, mas eu ficaria preso num limbo esquisito, entre dois pais, ignorado de maneira eficaz por aquele que acha ser responsável pela minha existência e rejeitado pelo outro, que é responsável mesmo. Não posso apostar em uma reunião feliz depois de trinta anos. A minha mãe me contou que ele tem a sua própria família, uma mulher, filhos, e eu não gostaria de fazer nada que pudesse pôr isso em risco. Afinal, ele é tão vítima da situação quanto eu. Até ontem, nenhum de nós sabia que o outro existia; estávamos unidos em nossa ignorância. Minha mãe não fez isso para enganá-lo, mas, como ela mesma disse, ela sabia o que estava fazendo, se permitindo engravidar dele. Ele tem todo o direito de não reagir muito bem às novidades.

— Que bonitinho você pensar do ponto de vista dele — minha mãe diz. — Mas você sempre foi um menino atencioso.

Ou talvez eu só esteja me preparando para o pior. Minha mãe disse que agora ele está de férias, e mesmo quando ele voltar ela vai ter de planejar a situação com todo o cuidado e diplomacia, em respeito às circunstâncias dele. Vou ajudá-la porque não quero causar confusão. Já disse a ela que não quero nem preciso de nenhum tipo de reconhecimento público dele (nem um relacionamento clandestino, aliás). Só peço uma chance de me sentar para conversar e olhar meu pai biológico nos olhos. Também decidi que ninguém mais precisa saber, nem o meu pai nem a Emma.

— Mesmo, Danny? Você tem certeza? — A surpresa na voz da minha mãe vem acompanhada por um toque palpável de alívio.

— Para quê?

— Por honestidade? — Ela tenta sugerir.

– Jesus Cristo, mas a que preço? Não consigo encarar isso. Você consegue?

– A decisão é sua.

– É, sim. E obrigado por me deixar chegar a essa decisão sozinho.

Eu a ouço segurar um soluço alto e repentino.

– Ai, meu Deus...

– O que foi?

– Quando é que você se tornou tão... tão pé no chão?

– A Clara chamava isso de frieza.

– Aquela menina é uma boba. Um dia ela vai acordar e perceber o que fez.

CAPÍTULO VINTE E TRÊS

— Você ainda não ligou para ele? — Edie pergunta

— Nem vi a noite passar. E de repente estava tarde demais.

É uma versão da verdade. Lá pelas nove e meia, depois da conversa longa com a minha mãe, enxuguei quase uma garrafa inteira de Rioja e não podia perigar parecer bêbado em uma conversa com Patrick Ellory.

— Ligue agora — Edie diz. — Eu insisto.

— Ah, insiste, é?

— Vem, Doggo, vamos dar um pouco de privacidade para o sr. Sem Esperança.

Ele atende o telefone com apenas uma palavra — "Ellory" —, mas cheia de carinho e alegria. Vejo um cavalheiro inglês tradicional, bom em esportes e em consertar coisas. Ele é advogado e tem de ir ao tribunal mais tarde, mas parece feliz ao falar pelos cotovelos sobre sua tia Geraldine, a ex-dona do Doggo.

— Doidinha como só ela. Sempre foi. Nunca encontrou alguém esperto ou burro o suficiente para casar com ela.

Ela passou a vida toda na mesma casa em Wandsworth, uma propriedade grande com um quintal enorme, que foi onde ela encontrou Doggo, encolhido e morrendo de medo em um antigo abrigo construído durante a Segunda Guerra Mundial (como ela mesma tinha feito ainda mocinha durante a Blitz).

— Ela já vinha dando comida para ele fazia algumas semanas quando o vi pela primeira vez, e ainda parecia que ele estava no bico do corvo. Só Deus sabe o estado em que ele estava quando ela o encontrou. Minha esposa os chamava de "um estranho casal", e eles eram mesmo, cambaleando juntos por aquela velha casa maluca. Sabe, eu acho que ele era o marido que ela nunca teve, a única coisa viva que ela amou na vida. Fiquei feliz por ela finalmente ter encontrado a felicidade. Alô?

— Sim, desculpe. Mas que interessante! E o que aconteceu com ela?

— Ela teve um derrame terrível.

Foi Doggo quem avisou os vizinhos. Quando a ambulância chegou, eles tiveram de arrombar a porta porque todas as portas e janelas estavam trancadas, ou pelo menos à primeira vista. Mais tarde, eles descobriram que uma das janelas do sótão estava aberta, o que quer dizer que Doggo tinha subido até lá e então pulou sobre as telhas.

— O telhado é muito alto, seria uma queda e tanto, mesmo com o arbusto de azaleias onde acho que ele aterrissou. Ele deve ter pulado ali. Não havia jeito de ele ter sobrevivido à queda.

Ellory ainda se sente mal por ter deixado Doggo em Battersea, mas ele não podia integrar o cachorro à vida dele, já dominada por seus gatos.

— E nenhum dos meus primos queria o cachorro. Eles estavam mais preocupados em colocar a casa à venda e pegar o dinheiro logo. Mas eu sou o procurador das propriedades dela, e jamais deixarei isso acontecer enquanto ela estiver viva.

— Como é?

— É o princípio da coisa.

— Não, quero dizer... ela está viva?

— Eu não disse?

— Ela está viva?! — Edie diz.

— Mais ou menos. Acho que a frase que ele usou foi "estado vegetativo persistente".

– Mas ela está viva.

– Tecnicamente, eu acho.

Ela olha de relance para Doggo.

– Você sabe o que temos que fazer, não é?

– Não.

– Mentiroso.

– Edie, nós não podemos. Ela é um vegetal. É assim que você quer que ele se lembre dela?

Ela agarra meu braço.

– Dan, estou com um pressentimento sobre isso. Confie em mim. Temos de fazer isso.

Eu sei que ela já ganhou, mas não vou me render sem lutar.

– Eu pensei que a gente tivesse prometido não fazer mais nada juntos.

– Isso é trabalho. – Ela sorri. – Estamos falando do carteiro do escritório, lembra?

O Hospital de St. George em Tooting é um complexo gigante e extenso de prédios horrorosos de tijolinho à vista (e convenientemente localizado, percebo, do outro lado da rua do Cemitério de Lambeth). Fico com Doggo enquanto Edie faz um primeiro reconhecimento lá dentro. Imaginamos que eles não vão nos deixar entrar na unidade de derrames com um cachorro como se não fosse nada de mais, e estamos certos. Edie volta com a notícia de que são permitidos apenas cães-guia (e sob circunstâncias especiais).

– Fiquei tentada a perguntar sobre os cachorros que eles estão fatiando agora mesmo em nome da pesquisa científica.

– Eu não sabia que você era uma ativista dos direitos dos animais.

– Você deveria ter me visto na universidade. Eu tinha uma balaclava e tudo.

É um plano simples. Vamos levar o Doggo escondido dentro da minha mochila. Só tem um problema: ele nem chega perto da coisa, quanto mais pular lá dentro. Quanto mais tentamos convencê-lo, mais desconfiado ele fica. Ele até rosna e me dá uma mordidinha de aviso na mão. Digo a ele que vamos encontrar Geraldine; digo a ele que Geraldine está desesperada para vê-lo; digo que Geraldine tem um pacote gigante de petiscos à espera dele. Doggo não quer nem saber.

— Talvez ele seja claustrofóbico — Edie sugere.

Não, é outra coisa. Ele pulou de um telhado por ela, mas entrar em uma mochila é ir longe demais? Não faz sentido. Pego o celular e ligo para Patrick Ellory. Cai na caixa postal.

— Patrick, aqui é o Daniel. Desculpe incomodá-lo de novo, mas fiquei pensando se Mikey conhecia Geraldine por outro nome.

Andamos pela rua por um tempo antes de nos instalarmos no pátio aberto de um pub triste. Uma hora depois, ainda estamos esperando e até o entusiasmo de Edie está começando a murchar. Relutantemente, ela concorda em irmos embora. Nós três seguimos em direção à estação de metrô Tooting Broadway quando Patrick Ellory me liga de volta:

— Você tem toda a razão. Para ele, ela sempre foi Zsa Zsa.

— Como a atriz?

— *Moulin Rouge* era o filme favorito dela.

Espero até voltarmos para o estacionamento do hospital antes de falar com o Doggo.

— Cadê a Zsa Zsa?

Ele fica visivelmente tenso, e seus olhos procuram sinais nos meus de que estamos falando da mesma coisa.

— Vamos lá ver a Zsa Zsa.

Ele late três vezes e dá uma voltinha no lugar como um dervixe. Eu me agacho ao lado dele com a mochila e ele mergulha de cabeça lá dentro. Eu o arrumo ali para que a cabeça dele fique para cima e levo um dedo aos lábios.

— Shhh — digo enquanto fecho o zíper sobre aquela carinha ansiosa e de olhos arregalados.

Estamos pegando o elevador para o segundo andar da Ala Atkinson Morley quando vejo que acabou de passar das oito da noite — encerrou-se o horário de visitas.

— Relaxe — Edie diz. — Pode deixar que converso com eles.

Mas conversa nenhuma vai nos fazer aparecer ao lado da cama de Geraldine na unidade de derrames, já que ela foi levada para a unidade de tratamento intensivo. Quando chegamos lá, Edie pede para eu esperar lá fora. Estou falando com Doggo por sobre o ombro, garantindo a ele que agora não deve demorar muito, e é por isso que não vejo dois porteiros do hospital se aproximando pelo longo corredor até estarem quase ao meu lado. Eu sorrio e faço um gesto com a cabeça para eles.

— Boa noite — digo e, pelo olhar que os dois trocam, com certeza acham que fugi da unidade psiquiátrica.

Edie aparece de novo.

— Olha só: ela é a minha avó, você é meu namorado, e acabamos de chegar de Vancouver.

— O que a gente estava fazendo em Vancouver?

— Só Deus sabe. Não falei. Só me veio à cabeça.

— Talvez a gente more lá.

— Se você preferir.

— Ouvi dizer que é um lugar muito legal: perto do mar e com montanhas para esquiar por perto. Posso ver a gente lá. É, vamos dizer isso.

— Dan, eu não acho que ela vá perguntar.

"Ela" é a enfermeira responsável, alta e sisuda, brusca em suas maneiras, mas não totalmente desagradável. Lê-se LYDIA no crachá dela. Ela nos leva até a outra ponta da ala. Posso sentir Doggo se mexendo meio desesperado lá dentro da mochila enquanto passamos por pacientes em coma, quase como se ele sentisse a presença de pessoas quase do outro lado da vida, a salvo da morte apenas graças às máquinas empilhadas ao redor delas. O zumbido e o sibilar dos respiradores são interrompidos pela sinfonia de bipes do equipamento de monitoramento.

Esse lugar é controlado nos mínimos detalhes, e fico pensando que nunca vamos conseguir tirar o cachorro da mochila sem que uma das enfermeiras nos pegue no pulo quando, felizmente, Lydia nos leva a um quarto com uma única cama.

— Tentamos dar um pouco de privacidade a eles no fim, quando podemos.

— Quanto tempo? — Edie pergunta.

— Não muito, mas a sua avó é uma guerreira. Ela estava inconsciente quando chegou aqui, mas você aprende a perceber como eles eram antes, a ler os sinais. — Ela olha de relance para os monitores. — Está tudo ali. Ela não quer ir embora. — Lydia dá um sorriso carinhoso e inesperado. — Vou deixar vocês sozinhos com ela.

Geraldine não parece um ser humano; ela mais parece uma coisa cuspida pelo mar, que apareceu na areia — um pedaço de madeira castigada pelo tempo em todos os seus nós e tendões e branqueada pelo sol. A impressão é reforçada pelo vaivém rítmico do respirador, como ondas quebrando de mansinho na areia. É fácil enxergar além da válvula de plástico na boca dela, e ignorar os muitos tubos, fios e cabos que entram e saem dela, e ver que um dia ela foi uma linda mulher.

Tiro a mochila das costas e a coloco sobre a cama. Ao deixar Doggo sair, ponho a mão sobre o focinho dele imediatamente.

— Shhh.

Ele entende — o que ele não entende? — e mesmo assim, ao vê-la deitada ali, ele não consegue segurar um soluço trêmulo. Anda cuidadosamente até ela e lambe suas bochechas várias vezes. E então enterra o focinho no pescoço dela, logo abaixo da orelha direita, e empurra com força. E mais uma vez. Ele está tentando acordá-la, forçá-la a ficar consciente de novo. Eu sei que isso não vai acontecer;

a situação dela está crítica demais. Eu me viro para Edie, que lê meu olhar de súplica e faz que não com a cabeça. "Você está errado", os olhos dela dizem, "não foi um erro".

Doggo late duas vezes de frustração antes de eu conseguir acalmá-lo e fazê-lo ficar quieto. Acho que o barulho não vai dar em nada, mas alguns momentos depois a porta se abre com tudo. O olhar rápido e calculado de Lydia só enxerga Doggo esticado sobre Geraldine.

— Mas o que vocês acham que estão fazendo? — Ela diz por entre os dentes. — Tirem ele daqui.

— Eles só tinham um ao outro — Edie tenta explicar.

— Existem regras!

— E algumas coisas são mais importantes que as regras.

Mas Lydia não quer nem saber.

— Vou chamar a segurança.

Felizmente, ela olha de relance para Doggo, e é isso que a congela no lugar. Ele encara a enfermeira, seus olhinhos escuros totalmente desolados e sem esperança. Por um momento, eu não escuto nada — meus ouvidos não são treinados para essas coisas —, mas os de Lydia são. Os olhos dela piscam para o monitor cardíaco. Não é nada dramático, um aumento lento: 53... 54... 55...

Até mesmo Doggo está de olho no monitor agora, mas provavelmente porque todos nós estamos. 58... 59... 60...

É Edie quem percebe o movimento primeiro.

— A mão dela...

Uma mexida. Alguma coisa. Nada. Mas acontece de novo, um tipo de espasmo naquela garra ressecada. Seguro a mão dela, frágil e leve como um filhote de passarinho, e a coloco gentilmente sobre a cabeça de Doggo. 61... 62... 63... 63... 63...

Eu poderia jurar que ele está dando um suspiro baixo e comprido quando o alarme desliga. Tenho tempo apenas para registrar a linha estática no monitor antes de Lydia correr para desligar um botão na máquina, matando o gemido agudo. Doggo não parece entender o que acabou de acontecer até o respirador também ser desligado, e ele não conseguir mais sentir o vaivém do peito ossudo dela sob ele.

Ficamos todos olhando para ele deitado ali, grudado a Geraldine, quase tão imóvel quanto ela. Por um momento terrível acho que ele vai querer ir com ela, e trilhar a mesma estrada sombria, mas, quando passo a mão nas costinhas dele, ele olha para mim. Posso ouvir Edie soluçando de mansinho atrás de mim e não quero me virar porque sei que vou cair no choro também.

— Isso nunca aconteceu — Lydia diz. Mesmo à iluminação fraca do quarto, posso ver que os olhos dela estão rasos d'água.

— Obrigado — agradeço.

Ela se vira para a porta.

— Quem vocês são de verdade?

Antes que eu consiga esclarecer a mentira, ela faz que não com a cabeça como quem diz "não importa".

CAPÍTULO VINTE E QUATRO

Tenho de carregar Doggo no colo até o apartamento de Edie.

— Que estranho, ele parece pesar o dobro do normal.

São as primeiras palavras que consigo dizer desde que o táxi nos pegou no hospital. Não consigo imaginar o que o taxista pensou da gente — Edie e eu num silêncio melancólico no banco de trás, ombro a ombro, com Doggo esticado sobre o nosso colo como um cobertor de piquenique.

Doggo ganha o sofá e o filé que Edie tinha planejado fazer para seu próprio jantar. Estou morrendo de fome e, como ele se recusa a comer, mostro o que esperamos dele.

— Ei — Edie me dá uma bronca. — Posso fazer alguma coisa para a gente.

Eu ganho suflê de queijo com salada, que comemos à luz de velas na pequena mesa circular de jantar.

— Eu nunca tinha visto alguém morrer antes — Edie finalmente diz.

— Nem eu. — Coloco o garfo sobre o prato. — Mas não pareceu que ela estava morrendo, era como se ela tivesse saindo flutuando para outro lugar.

— Como um balão.

— Como se ele tivesse dado um empurrãozinho e ela foi embora.

Edie olha para Doggo enroscado no sofá.

— Acho que não devemos tirá-lo daí, não esta noite.

— Não?

— Fiquem — ela sugere.

— Posso dormir no sofá com ele. Você tem um cobertor?

— Desculpe, não tenho mais nenhum cobertor. Você vai ter de vir comigo. — Ela sorri. — Prometo que não vai ter mão boba.

— Se o Tristan descobrir...

— Ele não vai. E é uma chance para ajustarmos o nosso pitch para o carro.

Do qual, com os acontecimentos das últimas horas, eu tinha me esquecido completamente: vamos apresentar nossa ideia para o comercial de TV do Vargo para Ralph e Tristan amanhã à tarde.

Ficamos deitados ali de costas na escuridão, ela de camiseta e calcinha, eu de cueca samba-canção (e sem camisa porque não quero que amasse, já que tenho de usá-la de novo amanhã). E discutimos mesmo o nosso pitch e o refinamos, criando algumas frases adicionais do tipo que Tristan gosta. Não é tarde, mas estamos acabados, e posso sentir que estou caindo no sono. Tento ficar acordado para aproveitar ao máximo esse momento e a intimidade estranhamente contida de ficarmos olhando para o teto juntos.

— Fiquei feliz de ter dado certo.

— O quê? — Ela pergunta.

— O emprego.

— Eu também. Todo mundo está. Todo mundo gosta de você.

— A não ser a Megan.

— Verdade.

— Ela me pediu a gravação ontem — conto.

— O que você disse para ela?

— Que já tinha deletado tudo.

— Por garantia?

Só sei o que vou dizer uma fração de segundo antes de as palavras saírem da minha boca:

— Menti para você também... sobre o almoço com a minha mãe.

Ela vira a cabeça para olhar para mim.

— Ah, Dan, coitado de você.

— Não, tudo bem. — Mas o tremor na minha voz sugere o contrário.

Ela se vira de lado.

— Quem?

Não posso dar um nome a ela porque não tenho um. Mas conto a ela tudo o que sei, lidando com suas perguntas. Quando acabo, ela se levanta da cama e fecha a porta.

— Não sei se ele vai conseguir lidar com isso depois de hoje — ela diz enquanto volta para debaixo do edredom.

— O que foi?

— Aqui, vou mostrar para você.

Ela se aproxima de mim e um momento depois sinto a pressão macia e penetrante dos lábios dela sobre os meus.

CAPÍTULO VINTE E CINCO

Só Deus sabe o que Doggo acha de tudo isso. Ele já me viu dormindo com três mulheres diferentes em pouco mais de um mês. Quero falar para ele que três mulheres em quatro anos é um indicador muito mais preciso da minha promiscuidade sexual.

Ele está melhor agora cedo, mas não muito, apenas o suficiente para balançar o rabo fraquinho quando me largo ao lado dele no sofá. Ainda não estou convencido de que fizemos a coisa certa. Sim, ele conseguiu dizer adeus à sua amada Zsa Zsa, mas o que é consolo para um cachorro? Não sei se eles conseguem entender os pontos mais delicados do final de alguma coisa.

Ficamos sentados um ao lado do outro ali solenemente por dez minutos quando Edie aparece no corredor, descalça e usando uma camiseta curta demais para cobrir tudo.

– Bom dia, meninos. – A voz dela ainda está rouca de sono.

– Meu Deus, olha só você... – digo, quase sem fôlego com uma onda repentina de desejo.

Ela se ajoelha à nossa frente e dá um beijo no topo da cabeça de Doggo. Ela então acolhe meu rosto entre as duas mãos e me beija gentilmente na boca.

– Café? – Ela pergunta.

– Por favor.

– Torrada?

– Não como torrada.

– Bom, eu como.

Ela também gosta de suco de laranja fresco e manga madura. Doggo ganha uma lata de atum amassado com pão empapado em leite. É bom ver que o apetite dele voltou. Dormimos tão pouco que a minha cabeça deveria estar latejando de exaustão, mas me sinto inesperadamente alerta, como se alguém tivesse virado um botão e aguçado os meus sentidos. Observo Edie fazendo as coisas na cozinha e fico imaginando se estou testemunhando uma rotina que um dia vai fazer parte da minha vida. Tenho o direito de ter esperança, ou pelo menos um pouco, depois do que ela me disse nas primeiras horas da manhã.

– Não dormi mais com Tristan desde a primeira vez que nos encontramos.

– Hummm? – Grunhi, meio dormindo.

– Acho que eu já sabia mesmo naquela hora que queria poder contar isso a você um dia. E agora eu contei.

– Eu não tinha a menor ideia.

– É porque eu estava com medo.

– Medo?

– Do que eu estava sentindo. E de a Clara voltar. E eu conseguia ver que você não estava preparado, o que não é surpreendente depois do que ela aprontou com você. Então eu esperei. Eu não me importei. Foi bom para mim, um tipo de penitência. Vamos falar a verdade, eu não tenho sido uma menina muito boa. Eu só hesitei uma vez, depois do casamento.

– Do casamento?

– Quando Barbara disse que você falou para ela que jamais poderia ter um relacionamento com uma colega de trabalho porque seria claustrofóbico demais.

– Aquilo era segredo. Ela contou a você?

– Para mim, não. Para a minha mãe. Elas são velhas amigas.

— Edie...

Foi quando ela pousou os dedos sobre os meus lábios, me fazendo ficar quieto.

— Não, não diga nada. Eu entendo. E acho que você tem razão. Não tenho certeza se eu conseguiria também. Mas pelo menos agora a gente já sabe.

— O quê?

— Como seria bom se não trabalhássemos juntos.

— Mas eu adoro trabalhar com você. Eu adoro pegar o ônibus todo dia de manhã, sabendo que vou ver você logo, imaginando o que você estará usando.

— Você repara nas minhas roupas?

— É claro.

— Que bom — ela disse.

Não temos muito tempo. Tomamos banho separados, em um gesto significativo, como se estivéssemos ensaiando para a farsa que estamos prestes a apresentar. Edie me oferece uma camisa de seu guarda-roupa. Douglas a deixou para trás quando foi embora e, apesar de não ser exatamente do meu gosto (não gosto de listras nem de detalhes bordados), é melhor que aparecer no trabalho com a mesma camisa que usei ontem. Esse é o tipo de coisa que o olho de águia da Margaret não perdoa.

Não há nenhum parque perto do apartamento de Edie, então Doggo faz o que tem de fazer na calçada ao lado da estação de metrô de Pimlico. Eu pego o cocô com um saquinho e o jogo no lixo, e é quando Edie sugere que é melhor seguirmos caminhos diferentes. Algumas pessoas moram ao sul do rio, inclusive Tristan, e às vezes ela encontra com eles na linha Victoria até Oxford Circus.

— Não se preocupe — digo. — Nós pegamos um ônibus.

— Você pode pegar o 88 bem ali.

Multidões de profissionais cansados estão passando por nós na estação. Posso sentir que um beijo em público está fora de questão, então ofereço minha mão com um ar formal de brincadeira:

– Obrigado, foi um prazer.

Ela sorri.

– E foi mesmo.

CAPÍTULO VINTE E SEIS

Megan tem andado bem quieta, até mesmo distante, desde o incidente do Cocôgate. Mas o pitch que todos devem apresentar à tarde a trouxe de volta para seu jeito escandaloso, desinibido e geralmente insuportável de ser. Posso sentir o cheiro de falsa confiança que emana dela. E suspeito que ela queira mesmo que a gente sinta. Ela é uma boxeadora dando golpes no ar na coletiva de imprensa antes da luta, querendo desestabilizar o adversário, ganhar um ponto psicológico ou talvez dois.

A reunião está marcada para o meio-dia, e não sei se é a Megan enchendo o saco ou simples nervosismo, mas Edie decide de repente que quer refazer todos os nossos storyboards antes da apresentação.

– Eles não são fortes o bastante.

– Edie, não há nada de errado com eles.

– Exatamente. Tudo bem. Mas também não mais que isso.

Não quero resistir demais; é uma chance de me sentar ao lado dela à sua mesa, pressionar a minha coxa contra a dela e sentir seu perfume enquanto Edie desenha sem parar. Somos interrompidos por Josh uma hora depois. Ele está tão animado que mal consegue falar.

– Eles aceitaram. A tirinha! Eles querem!

– Quem?

A *Private Eye*. E não é que a revista simplesmente quer os quadrinhos: eles querem ver mais quadrinhos como aqueles. Eles acham que pode mesmo virar uma tirinha regular: um estudo da vida de pessoas liberais de trinta e poucos anos que fazem o melhor que podem, sob o olhar de um cachorro inteligente.

— O cachorro foi o argumento decisivo. Eles adoraram o cachorro.

Nós nos viramos ao mesmo tempo para olhar para Doggo, cuja cabeça está apoiada sobre a beirada do sofá.

— Ele está bem? — Josh pergunta, franzindo a testa.

— Ele teve uma noite difícil.

Não é hora de comemorar, nem de pensar no que isso significa para Josh, Doggo e eu, mas posso sentir uma porta se abrindo. Bom, não tanto uma porta quanto uma escotilha de fuga.

Faltando quinze minutos, Tristan aparece no departamento de criação para dizer que Ralph ainda não chegou, e assim a reunião foi adiada em meia hora. Ele olha para mim de um jeito estranho, como se estivesse confuso pela minha presença ali, antes de me pedir para falar com ele em sua sala.

— Feche a porta — ele diz. — Pegue uma cadeira.

Eu me sento diante dele.

— Bela camisa — ele observa.

— Obrigado.

— Onde você a comprou?

A mentira sai fácil.

— Foi um presente da Clara.

— Da Clara, hein? Deve ter sido difícil ela abandonar você daquele jeito. — Há algo levemente maníaco nos olhos dele.

— Não foi fácil.

— Então você pode imaginar como estou me sentindo agora. — Ele se inclina em direção à minha cadeira. — Acontece que eu conheço essa camisa; já a vi antes.

— Onde?

— Não brinque comigo, Dan. Você sabe onde.

Espero um minuto para pesar as palavras antes de responder da maneira mais calma possível:

— Não é o que você está pensando.

— E desde quando você sabe o que eu estou pensando, meu amigo?

— Não sou seu amigo, Tristan.

— Não... Mas poderia ter sido... *deveria* ter sido... porque você está prestes a descobrir como é me ter como seu inimigo. Você está ferrado. Vocês dois estão.

Chego à conclusão de que é melhor não responder e deixá-lo cozinhar em seu próprio desprezo cheio de sarcasmo.

— O que foi? — Ele finalmente pergunta.

— Você é um homem casado, Tristan.

— Você está me ameaçando?

— Só estou dizendo que seria lamentável se a sua mulher ficasse sabendo de tudo isso.

Ele me mede com os olhos estreitados.

— Você não faria isso. Uma boa pessoa como ela, que nunca fez nada para você? Não, impossível. Não alguém como você.

Ele tem razão; eu não arruinaria a vida dela, mesmo acreditando que estaria fazendo um favor a ela. Espalmo as mãos e pergunto casualmente:

— Já acabamos aqui?

— Não estamos nem perto. Mas, sim, você pode sair da minha sala.

— Merda — Edie diz, andando de um lado para o outro. — Ele deve ter fuçado as minhas coisas quando eu não estava olhando. — Ela para e volta-se para mim. — Desculpe, eu não sabia que ele era assim.

Tento afastar a imagem nojenta de Tristan pelado fuçando o guarda-roupa do quarto dela enquanto Edie toma banho.

— Só é um problema se você quiser ficar com ele.

Edie para de andar.

— Eu não menti para você, Dan. Eu não quis mais ficar com ele a partir do momento em que você apareceu na minha vida.

Será que ela tem alguma noção de como isso me faz sentir bem?

– Então vamos ter de enfrentar essa tempestade juntos, não é? – Edie não faz uma cara muito boa diante do desafio. – Você já se estabeleceu com a conta do SWOSH! Ele não pode fazer nada.

– Você acha?

É a minha deixa para dizer algo heroico de um jeito bem brega, como "eu jamais deixaria que ele fizesse alguma coisa", mas não sei se vou conseguir evitar que ele arrume algum tipo de vingança sutil e contínua se decidir fazer isso.

Tristan é só sorrisos e cumprimentos quando entramos na sala de reuniões, apesar de os olhos dele se fixarem nos meus o tempo suficiente para reforçar a ameaça que fez mais cedo. Não voltei mais a essa sala de reuniões desde que Tristan e Ralph (e Edie também, eu acho) me entrevistaram pela primeira vez, e me dou conta do quanto aconteceu na minha vida desde então. Depois de anos de uma inércia benigna, e por razões que ainda não consegui identificar, minha vida de repente se viu no meio de um galope. Sou um cavaleiro tentando controlar as rédeas, mas também aproveitando a mistura inebriante de horror e animação, o vento no meu rosto. Sinto como se nada pudesse me tocar, pelo menos não nos lugares onde realmente importa, e não sei se já me senti assim alguma vez na vida.

Ralph está num humor de menino arteiro. A reunião foi marcada como uma sessão de brainstorming, mas ele sabe muito bem que criou um campo de batalha.

– Beleza, vamos ver se vocês valem mais do que eu pago.

Provavelmente não é nada, mas geralmente ele diria "nós" em vez de "eu" por respeito a Tristan, e posso ver pelo vacilo na expressão de Tristan que ele pensou a mesma coisa.

Clive e Connor são os primeiros. Paradoxalmente, as horas intermináveis de bate-boca violento e mal-educado atrás de portas fechadas na sala deles produziram uma visão bem tranquila do carro.

Sua visão para o comercial de TV – contada por meio dos storyboards de Clive e acompanhada por uma trilha sonora calma e carregada de sintetizadores que eles trouxeram – é uma narrativa em câmera lenta de um jovem casal (nosso público-alvo) passeando a bordo de um Vargo. O conceito central é que o mundo lá fora insiste em se transformar em algo novo enquanto eles interagem com o veículo. Quando eles ligam o aquecedor dos bancos, o inverno dá lugar à primavera, o teto solar se abre e lá fora as folhas brotam milagrosamente nas árvores. Flores brancas caem por toda parte, transformando-se em flocos de neve quando o ar-condicionado é acionado. E, quando eles digitam um destino na touchscreen do GPS, o casal se vê sendo transportado como num passe de mágica para o topo de um penhasco, onde um círculo gigante do sol está afundando no mar, mostrando a silhueta de uma armada de galeões antigos com velas enfunadas. "Vargo. Fique livre para sonhar."

Eles ainda não chegaram lá, mas não é nada mau, não mesmo. A regra é esperar até o final das apresentações e então abrir a discussão para todos, e faço um gesto de cabeça para eles parabenizando-os. Megan não faz o mesmo. Ela está quieta e confiante ao começar a apresentação com Seth. A abordagem deles é totalmente oposta: uma sequência frenética de instantâneos detalhando o estilo de vida maluco de fim de semana dos donos supermodernos do Vargo: acordando em um apartamento loft modernoso (vários comerciais cansaram de mostrar isso, ou talvez seja uma homenagem aos comerciais influentes do fim dos anos 1980, dependendo do ângulo); passando correndo pelo Borough Market, onde o porta-malas espaçoso do Vargo engole tudo facilmente: de tortas caseiras a buquês de flores; o pessoal se comunicando com seus amigos com o Bluetooth viva-voz enquanto eles passam por algumas partes detonadas, porém atraentes, da selva urbana; e então ganhando o interior, onde o GPS os guia até seu destino final: um local remoto às margens de um rio ladeado por árvores. Eles arrumam um piquenique elaborado para quatro (e não dois, note), enquanto olham cheios de expectativa para o rio. E aqui vem a virada inesperada: é o rio Severn, conhecido por sua pororoca, e os amigos deles (um jovem casal igualmente atraente, é claro) aparecem com pranchas de surfe, cavalgando as ondas muito loucas rio acima. Há muita alegria e risada, e então uma tomada final filmada da grua mostra os amigos indo embora no Vargo ao pôr do sol, as pranchas de surfe amarradas ao suporte no teto. "Vargo. Por que se contentar com menos?"

É um slogan estranho, bem abaixo do nível geralmente alto de Seth. Algo humilde na expressão dele me diz que talvez ele não tenha tido muito a ver com isso nem com o conceito, que Tristan aprova com um "bravo!" animado. O que quer que ele ache de verdade do trabalho, sei que ele vai fazer de tudo para jogar lama na nossa ideia.

Também temos um casal jovem e atraente, mas no nosso cenário é a mulher que dirige (ideia da Edie). O filme corta para um close das mãos dela sobre o volante: "Volante de couro como padrão". Ela digita o destino no GPS: "GPS como padrão". Ela aperta um botão "Aquecedor de bancos dianteiros como padrão". E assim por diante: sensores para estacionar, emissão baixa, economia surpreendente de combustível, tudo padrão – até o quadro final, que diz: "Vargo. Nada abaixo do seu padrão".

Como era de esperar, Tristan não parece muito impressionado. Ele até consegue franzir as sobrancelhas de maneira confusa. Ralph começa a discussão com palavras de encorajamento e de parabéns para todos nós, apesar de algo me dizer que ele está decepcionado. Tristan não perde tempo ao dizer que o conceito que mais se destacou foi o de Megan e Seth, com sua mensagem glamorosa e cheia de energia.

– "Por que se contentar com menos?" – Ralph repete, cheio de dúvidas. – Não é uma mensagem muito visual.

– Talvez um pouco – Tristan admite. – E que tal: "Por que se contentar com água quando você pode beber vinho?".

Ralph dá uma risada repentina e se vira para o restante de nós.

— O que vocês acham, gente? Álcool e carros? Vocês acham que conseguimos passar essa pela APP? — Ele se vira para Tristan — É a Autoridade de Padrões de Publicidade, se você não sabia.

Tristan sabe muito bem o que é a APP, assim como ele sabe que deveria ter parado para pensar antes de dar sua opinião.

— Alguma coisa assim — ele responde na defensiva.

— Suco de laranja — Ralph sugere. — "Por que se contentar com suco de laranja quando você pode beber água?" — Uma pausa breve. — Não, não soa muito bem.

Não é só a dose pesada de sarcasmo, é o olhar desafiador nos olhos de Ralph. Há algo muito sério no ar, e não sei se Tristan imagina o que pode ser. Eu sei.

Enquanto Tristan fica ali tenso, Ralph leva a discussão à frente. Faltou alguma coisa para todo mundo, algo essencial, mas que ele não consegue identificar. Ele ficou intrigado com a visão quase de sonho da ideia de Clive e Connor, mas no final das contas é misterioso demais, vago e elusivo demais. E, apesar de ele gostar do jogo de palavras do nosso slogan, "Nada abaixo do seu padrão", ele não tem certeza de que vender um carro com base em seus equipamentos eletrônicos seja a coisa certa a fazer. Quanto à ideia de Megan e Seth, ao atrelar um produto a um tipo de pessoa por meio de uma narrativa de estilo de vida, corre-se o risco de alienar parcelas gigantes da população.

— Existe o perigo de eles se perguntarem: "Por que eu deveria comprar um carro que é dirigido por cuzões como esses?".

— Cuzões? — Megan pergunta, como se não tivesse certeza de ter entendido o que ele disse.

— Bom, talvez não para você.

Sorrisos condescendentes são uma especialidade da Megan. Ela também conhece Ralph há muito tempo, e acho que é por isso que ela se sente no direito de dizer:

— Ralphinho, você tem quase o dobro da idade desse público-alvo.

— E eu não sei? — Ele responde. — Mas ainda consigo reconhecer um filho da mãe convencido que adora morar em lofts a cinquenta passos de distância... Brutus.

Você não precisa ser um especialista no *Júlio César* de Shakespeare para entender o que ele está dizendo. *Até tu, Brutus?* Ela o traiu, e ele quer que ela saiba que ele sabe.

Não sei ao certo o que desencadeia isso — talvez seja a crepitação da agressão mal contida no ar, a sensação de que alguma coisa está prestes a ficar feia —, mas tenho uma visão repentina do brutamontes de cabeça raspada de Athlone Gardens me xingando ("seu besta") e xingando o Doggo também ("Quasímodo"), empoleirado na varanda de tijolo à vista de seu apartamento. É aí que a frase vem à minha cabeça.

— Um minuto — digo, me levantando.

Há alívio ao redor da mesa, porque qualquer coisa é melhor do que aquilo que está prestes a começar.

— O quê? — Ralph pergunta.

— Eu já volto. Conversem entre vocês.

A última coisa que vejo antes de sair da sala é o olhar suplicante de Edie como se dissesse: "Não me deixe sozinha aqui".

Como o Doggo ainda não está 100%, eu o deixei com a Anna na recepção. Ele está no colo dela, e ela está guiando as patas dele pelo teclado do computador.

— Já acabou? — Ela pergunta.

— Ainda, não. Preciso dele.

— Mas ele está tuitando.

— Deixe para depois — falo, pegando Doggo no colo.

Não faz nem trinta segundos que saí e, se eles conversaram entre si na minha ausência, não daria para saber pelo silêncio pesado que me recebe quando volto com Doggo no colo. Eu o coloco no meio da mesa de reuniões.

— O que vocês veem?

— Um cachorro comendo os nossos biscoitos — Connor diz.

(Um homem cometendo suicídio profissional, diz o sorriso tenso de Ralph.)

Pego o prato de biscoitos e o passo para Edie. Doggo parece seriamente irritado.

— Sinceramente. O que vocês veem?

— Doggo — Seth tenta.

— Não. Vocês estão olhando para um cachorro pequeno e muito feio... que é bem capaz de ser o cachorro menos atraente que vocês já viram na vida.

— Capaz? — Megan pergunta com uma sobrancelha arqueada.

— Cale a boca, tá? — Ralph manda. — Acho que sei aonde ele vai chegar com isso.

Tamborilo com os dedos de leve na mesa. Doggo vem até mim e coço a cabeça dele e esfrego suas orelhas, e ele está no céu.

— É possível amar aquilo que é feio. — Olho para todos eles. — Clive e Connor estão vendendo um sonho. Megan e Seth estão vendendo um estilo de vida. Edie e eu, bom, nós estamos vendendo um monte de parafernália. Mas nenhum de nós está vendendo o carro. Temos vergonha dele. Mas não precisamos ter vergonha porque...

— É possível amar aquilo que é feio — Ralph completa, interessado. — Você tem algo mais concreto?

— Só uma frase. Acabou de me vir à cabeça. — Hesito, incerto.

— E aí?

— O *Hatchback* de Notre-Dame.

Seth ri e dá um tapa na mesa.

— Putz! E a referência ainda por cima é francesa! — Com isso ele ganha um olhar assustador de Megan.

— É só uma ideia.

— Não é, não — Tristan rosna. — É uma ideia de merda.

— É corajosa, é arriscada, é genial — Ralph se vira para Tristan. — É tudo o que esta agência representa, você gostando ou não.

— Bom, eu não gosto.

— Bom, então precisamos conversar. — Ralph se vira para o restante de nós. — Vão almoçar. Pensando bem, tirem o resto do dia de folga.

Estamos todos nos levantando quando ele completa:

— Você, não, Megan. Você fica.

Já vi várias expressões da Megan desde que cheguei à Indology, mas nunca a tinha visto preocupada antes.

A porta mal se fecha quando Connor sussurra com seu sotaque irlandês carregado:

— Alguém pode me dizer que merda é essa que está rolando aqui?

Dou de ombros.

— Sei lá.

De volta à nossa sala, digo à Edie que é só uma questão de política, que isso vai se resolver. Também pergunto o que ela quer fazer.

— Ir para casa — ela responde.

— Tá.

— Para a sua casa.

O clima mudou de espírito nas últimas horas; o sol acabou com as nuvens e agora há uma brisa morna soprando pelas ruas do Soho. Pegamos um táxi para a Dock Kitchen, no alto de Ladbroke Grove. Edie nunca comeu lá antes. Doggo e eu já comemos lá várias vezes; é meio que a nossa cantina. O prédio do cais foi reformado e tem um terraço grande onde dá para almoçar sob guarda-sóis brancos. Nós dois pedimos uma cavalinha grelhada. A taça de vinho branco é perfeita, e me lembra de como dormi pouco na noite passada. Estamos a apenas uma curta caminhada de distância da cama que nós dois sabemos que está à nossa espera.

Num primeiro momento, acho que me esqueci de trancar a porta do meu apartamento ao sair dois dias atrás, mas, quando vejo a mala no corredor, meu coração dispara.

Ela estava checando seus e-mails na escrivaninha no canto da sala de estar, mas agora se levanta e se vira para mim.

— Daniel.

— Clara.

Posso ver pelas roupas e pelos detalhes habilidosos de maquiagem que ela fez questão de se arrumar. Ela vem andando rápido em minha direção quando vê Edie por sobre o meu ombro e breca de repente.

— Esta é a Edie. Edie, Clara.

— Prazer — Edie diz.

Clara olha para baixo, para Doggo.

— Doggo.... — Ela chama baixinho, agachando-se e estendendo os braços para ele. Há certa hesitação quando ele balança o rabo ao trotar até ela; sim, ele a reconhece, mas sabe muito bem o que ela fez. — Olha só para você, carinha.

Vejo Doggo lançar um olhar nervoso para Edie quando Clara quase sufoca o coitado.

— Não posso acreditar que você ficou com ele. O nome dele ainda é Doggo? Você achou outro nome para ele?

— Vou deixar vocês conversarem — Edie fala.

"Sim, demorou", dizem os olhos de Clara.

— Pelo menos tome um café ou alguma coisa — sugiro sem muita força.

— Não, vocês têm muito que conversar.

— Eu te levo lá embaixo.

— Não precisa.

Mas eu a acompanho até lá embaixo.

— Que bela surpresa — ela diz na escada.

— Eu sinto muito.

— Ela é linda.

— Edie, você não tem de se preocupar.

— Não estou preocupada. E por que eu ficaria? Sua namorada de quatro anos acabou de aparecer como se tivesse saído de uma maldita passarela. — Ela para diante da porta da frente. — Ela quer você de volta, Dan.

— Você não sabe disso.

Uma sombra de decepção passa pelo rosto dela.

— Resposta errada. Você deveria ter dito que não quer voltar com ela.

Eu quero dizer isso, mas não consigo encontrar as palavras.

— Edie...

Mas ela já foi, e desce os degraus da frente e sai pela rua. Sei que Clara estará assistindo a tudo isso lá de cima e não posso dar um show de lambuja para ela.

Não fico surpreso com a frase de abertura de Clara quando volto lá para cima.

— Ela é um pouco nova demais para você, não é?

— Nós trabalhamos juntos. Ela é a minha nova parceira na agência.

Por que estou me justificando? Não preciso dar satisfação nenhuma.

— Vocês estavam trabalhando de casa hoje? Trocando de mesas?

— Houve um problema na agência e tiramos a tarde de folga.

— Daniel, eu sou uma mulher, ela é uma mulher. Eu conheço aquele olhar. Tudo bem. — Ela se aproxima de mim. — Me abraça.

Só mais uma vez, eu digo a mim mesmo, só porque não tive a oportunidade quando ela foi embora. Eu bem que queria não gostar disso, mas é como vestir uma antiga luva de novo, ou um sapato lasseado por anos de uso.

— Vim direto do aeroporto — ela sussurra no meu pescoço. — Eu sinto muito, eu pisei na bola de verdade. — E agora ela está me segurando e chorando baixinho. — Você tem que me perdoar. Por favor, me perdoe.

O diabinho apoiado sobre o meu ombro está dizendo que quatro anos não podem ser apagados de uma hora para outra, ao contrário de toda a dor e tristeza que ela me causou. Não há anjo nenhum no outro ombro, mas há o Doggo.

Ele não está simplesmente assistindo a tudo do outro lado da sala, está me encarando, me olhando nos olhos, e, apesar de ser um olhar penetrante e difícil de interpretar, há algo distintamente pronto para dar o bote, quase ameaçador, nos ombros dele. Dou um sorriso fraco. Ele não vai aguentar isso, não. Ele fica ali, inerte, como se tivesse sido esculpido em pedra, minha consciência, meu guia... meu anjo da guarda.

Como é que demorei tanto tempo para entender?

Eu me vejo no meu cinismo vagabundo, tirando uma com a cara de Clara por causa de Kamael. Vejo Fran, bonitinha e sarcástica, me chamando na chincha no almoço da minha irmã Emma: "Talvez você esteja procurando halos e asas enquanto deveria estar procurando outras coisas". E vejo Zsa Zsa, só pele e osso em sua cama de hospital, satisfeita por desistir da luta e se deixar ir.

Solto a Clara com toda a gentileza e passo os dedos pelo cabelo dela, meus polegares sob seus olhos, secando as lágrimas. Eu me sinto purgado, despido de qualquer má vontade para com ela. Estou livre para amá-la de novo, mas não como antes.

— Sou eu — digo no celular.

— Dá para ver — Edie responde.

— Eu achei que você gostaria de saber o que aconteceu.

— Não particularmente. Não depois de como você se comportou.

— Então me lembre: o que fiz de errado?

— Você deveria tê-la expulsado por invadir seu apartamento.

— Ela não invadiu — eu a corrijo. — Ela tinha as chaves.

— Você deveria ter trocado a fechadura.

— Você tem razão, eu deveria, mas não achava mesmo que ela voltaria.

— E agora ela voltou.

— Mas já foi embora de novo.

— Para onde? — Edie pergunta, interessada.

— Não sei. Não ouvi o que ela disse para o taxista.

Há um silêncio breve.

— Onde você está?

— Sentado à frente do seu prédio com o Doggo, e querendo que você estivesse aqui.

— Não saia daí — ela diz, desligando.

Ela está usando um short jeans e uma camiseta do Pink Floyd tão surrada que deve ter sido do pai dela. Posso ver pelos olhos dela que Edie estava chorando.

— O que aconteceu?

Levo a mão à bochecha.

— Ah, isto? Ela me deu um tapa.

— Que bom, então quer dizer que não preciso.

— Pode bater, se quiser. Ainda está tão anestesiado que não sinto nada.

Edie olha mais de perto.

— Nossa, ela te acertou mesmo. Ela tem um anel no dedo do meio?

— Ela estava fula da vida. Ela até tentou ir embora com o Doggo, dizendo que tecnicamente ele ainda era dela.

— O que aconteceu?

Olho para Doggo.

— Conte para ela o que você fez, Doggo.

Ele olha para nós dois com uma cara de vergonha.

— Não pode ser! — Edie fica de queixo caído. — Ele a mordeu?

— Foi mais uma mordidinha de advertência. Sem sangue. Ou pelo menos não muito.

Edie pega Doggo no colo.

— Ah, Doggo, meu herói.

Ele lambe o rosto dela, feliz como nunca o tinha visto antes.

CAPÍTULO VINTE E SETE

Já perdi a conta de quantas vezes troquei de roupa desde que Edie me acordou com um beijo e uma xícara de chá. Já tentei o terno completo (emprestado do J), o paletó casual (comprado especialmente para isso na Selfridges) e o suéter com gola V; já experimentei tudo isso com camisas e gravatas, camisas sem gravatas e vários tipos diferentes de camiseta por baixo. Finalmente me decido pela combinação de camisa com suéter de gola careca, só para mudar de ideia quando já estava saindo do apartamento.

É por isso que Doggo me vê andando ao lado dele em jeans, botas de camurça e uma camisa polo azul-marinho. "Banqueiro eurotrash à paisana no fim de semana" é como J descreveu o meu look. Mas vou assim mesmo, porque então ele fechou a porta do meu apartamento na minha cara e passou a tranca. Só Edie fez tchauzinho para nós da sacada. Ela disse sem som algo que suspeitamente me pareceu "Eu te amo", apesar de eu saber que ela vai negar depois.

Nós provavelmente deveríamos ter tomado um táxi, mas a pé não é muito longe, e estou a fim de dar uma volta pelo Holland Park. Acho que não importa muito se chegarmos quinze minutos atrasados.

Eu não costumava ir andando para lugar algum. É mais uma coisa que peguei do Doggo. Ele adora passear mais do que nunca, trotando ao meu lado em sua coleira, absorvendo as visões e os cheiros da cidade. Para mim é uma oportunidade para sonhar acordado ou, como hoje, pensar com calma.

Não posso parar de achar que deveria estar me sentindo mais nervoso porque não ganhamos a conta do Vargo ontem. De acordo com Ralph, eles hesitaram e quase aceitaram enfrentar o risco, mas, ao final, a ideia de vender um carro ao admitir ativamente sua aparência infeliz se provou ser um passo à frente demais. Ainda não sabemos quem eles escolheram. Quem quer que seja, Tristan com certeza vai adorar, onde quer que ele esteja. A última notícia que tive foi que ele tentou, mas não conseguiu pegar seu antigo emprego de volta na *Campaign*. Acho que ele não está nem aí — ele sempre vai se dar bem. Eu não ficaria surpreso se ficar sabendo que o livro dele é um grande best-seller e que ele está ganhando a maior grana com palestras. De certa forma, espero que isso aconteça. Do jeito que ele é, é bem capaz de o sucesso abrandar sua sede por vingança.

Sinto uma velha pontada de culpa sobre o papel que tive na queda dele, mas é provavelmente porque Ralph não consegue parar de me agradecer por tê-lo alertado sobre o plano infalível de Tristan. Não sei os detalhes exatos sobre o que Ralph fez com a informação, mas com certeza foi suficiente para tirar Tristan do conselho de diretores, e por fim vê-lo deposto por um contragolpe. Megan, a funcionária mais antiga de Ralph, também acabou sendo vítima do golpe, depois de vender sua alma. *Até tu, Brutus.*

A Indology é um lugar mais feliz depois que os dois foram embora; e aquilo estava claro para mim mesmo antes de eu sair. Eu não queria sair. Eu mal tinha começado ali. Além disso, Doggo e eu estamos sempre por ali. Às vezes Edie insiste em levá-lo com ela para o trabalho, e o escritório ganha seu carteiro de volta por um dia. Ele gosta de uma audiência cativa, o que é levemente preocupante se pensarmos em quanta atenção ele está prestes a ganhar.

A tirinha de quadrinhos está bombando a todo o vapor, começando a ganhar seu espaço. Josh e eu penamos para encontrar um título para ela, e ainda fico meio irritado por ele ter chegado a um nome perfeito antes de mim, que deveria ser o mago das palavras. O nome dela é "Esperando por Doggo".

Alguns quadrinhos a cada duas semanas não são bem trabalho em tempo integral — e muito menos para Josh, que ainda trabalha durante o dia na Indology —, mas, quando não estou brincando com algumas ideias, construindo um armazém para o futuro, estou trabalhando no meu romance. O dinheiro vai virar um problema se eu não encontrar uma editora para o livro. Na pior das hipóteses, tenho uma oferta em aberto do Ralph para um cargo de meio período como consultor.

Enquanto isso, Edie está mandando muito bem com seu novo parceiro redator. Seth tem florescido desde que Megan foi forçada a sair. Mesmo ele não tinha percebido até agora como estivera perto de sofrer um colapso psicológico total depois de nove meses naquele espaço confinado com ela. Eu me preocupo menos com a paixonite que ele nutria por Edie desde que ele começou a namorar a Anna da recepção.

Doggo tenta irrigar uma árvore novinha no lado sul do Holland Park. Eu também faria xixi ali mesmo se pudesse, de tão nervoso. Cruzamos a Kensington High Street e pegamos uma alameda estreita para a Edwardes Square.

Só vim aqui algumas vezes, para encontrar amigos no pub que fica na esquina a sudeste, mas sei exatamente o que esperar porque já vi a casa no Google Street View. Tem quatro andares — os dois primeiros de estuque, e os últimos de tijolinho à vista — e a sacada de ferro que serve as janelas compridas do terceiro andar está entrelaçada por uma trepadeira com glicínias (pingando de flores roxas como cachos de uvas no Street View, mas que não estão mais em flor aqui).

Abro o portão de leve, passo pelo pequeno jardim da frente e subo os degraus.

Meu coração está batendo como nunca no peito e olho para Doggo.

– Pronto para conhecer meu verdadeiro pai? – Pergunto.

Ele parece interessado, até mesmo animado, e, se ele está preparado, então também estou.

Meu dedo toca a campainha de latão.